UMA DELICADA COLEÇÃO DE AUSÊNCIAS

ALINE BEI

Uma delicada coleção de ausências

2ª reimpressão

Copyright © 2025 by Aline Bei

Grafia atualizada segundo o Acordo Ortográfico da Língua Portuguesa de 1990, que entrou em vigor no Brasil em 2009.

Capa
Julia Masagão

Imagem de capa
Louise Bourgeois, *I DO*, 2010. Estampa digital e bordado em tecido, 40,6 × 30,5 cm. © The Easton Foundation/ AUTVIS, Brasil, 2025.
Foto: 2025 © Photo Scala, Florence. Digital image, The Museum of Modern Art, New York/ Scala, Florence

Preparação
Ciça Caropreso

Revisão
Jane Pessoa
Adriana Moreira Pedro

Os personagens e as situações desta obra são reais apenas no universo da ficção; não se referem a pessoas e fatos concretos, e não emitem opinião sobre eles.

Dados Internacionais de Catalogação na Publicação (CIP)
(Câmara Brasileira do Livro, SP, Brasil)

Bei, Aline, 1987-
 Uma delicada coleção de ausências / Aline Bei. —
1ª ed. — São Paulo : Companhia das Letras, 2025.

 ISBN 978-85-359-4129-6

 1. Romance brasileiro I. Título.

25-264101   CDD-B869.3

Índice para catálogo sistemático:
1. Romances : Literatura brasileira   B869.3

Cibele Maria Dias – Bibliotecária – CRB-8/9427

Todos os direitos desta edição reservados à
EDITORA SCHWARCZ S.A.
Rua Bandeira Paulista, 702, cj. 32
04532-002 — São Paulo — SP
Telefone: (11) 3707-3500
www.companhiadasletras.com.br
www.blogdacompanhia.com.br
facebook.com/companhiadasletras
instagram.com/companhiadasletras
x.com/cialetras

quando o circo chegou à cidade, aquele pedaço de terra batida onde levantaram a lona finalmente ganhou seu segredo. noite após noite se manteve iluminado, e parecia tão natural naquela paisagem que é como se tivesse crescido depois da chuva, e circo fosse árvore ou coisa que vem da terra.

    em volta das luzes, pessoas se apinhavam na bilheteria, curiosas em especial pelo mágico Oberon e sua *bela* assistente, assim disseram os jornais, mas também pela família de trapezistas e pelo palhaço cigano. para que esse fascínio não se transformasse em desconfiança, para que se mantivesse no tom exato do divertimento excêntrico, para que o público não reparasse na velhice da lona ou nas olheiras da filha do trapezista, o circo vende pipoca — um rapaz magro, de bandeja pendurada no pescoço, atravessa o picadeiro com dezenas de saquinhos — enquanto o público se acomoda, a maioria crianças de mãozinhas dadas uma ao pai, outra à mãe.

    os tambores rufam, as luzes se abrem num estrondo e no palco desponta a bela assistente de que tanto se fala na cidade — os rapazes *assoviam*, fazem guerra de pipocas.

    de vestido branco, Margarida acena, *imaculada*, e se o público pudesse tocar em suas mãos veria que se parecem com as de um cadáver muito delicado que morreu talvez de susto. se de perto, veriam que seus olhos são ainda mais perturbadores. há neles uma luz antiga, que vem de muito antes daqueles rapazes terem pelos, e que se parece, sobretudo quando o espetáculo termina, com um blues.

Margarida ergue a mão direita com a intensidade de uma flecha. aponta para o fundo do picadeiro, de onde surge, por trás das cortinas de veludo, um homem de cartola e sobrancelhas sinistras que se movem com a flexibilidade dos desenhos animados, as crianças riem, mas de repente param, ao ver a fumaça tomar conta da cena e Margarida subir em uma perigosa estrutura de ferro.

os espectadores silenciam, como se fossem, todos eles, alimento de um animal que domina o palco e espera.

o mágico tira um lenço da cartola, o tecido *cresce*. ele recobre Margarida, quando puxa
o pano:

Oh!

a assistente desapareceu.

Bravo!, exclamam.

mas o mágico pede atenção. aponta para a luz que se derrama sobre uma grande caixa de vidro, caminha por fileiras de crianças boquiabertas. abre o compartimento para mostrar o óbvio, que ali está *vazio*, e ondula suas misteriosas sobrancelhas.

o mágico cobre a caixa, os tambores rufam.

quando cai o pano:

Oh!

Margarida está suspensa
            por um *fio*
                      que a faz sobrevoar todo o
picadeiro ao som do fole de um acordeão.

Bravo!, o público exclama

e irradia do encontro das palmas um calor magnífico, uma multidão de ondas estalando aos pés do mágico

‹

era uma aprendiz no circo. estava fumando na cadeira de praia quando o palhaço saiu da tenda ainda de peruca.

— (se vira para ela) *Margarida, não é?*
— (sorri) *sim.*

ele a convidou para ir até o trailer onde morava — *é logo ali, o terceiro depois da árvore.*

ao subir os degraus, Margarida reparou como ele era diferente sem a cara branca, sem os sapatos infinitos, naquela pressa para escapar de baldes d'água, mas não ali, onde ele se mantinha a salvo e apertava os olhos, sondando Margarida.

— *Oberon gosta muito de você.*
— *de mim?*
— *sei o que digo. além do mais* (se aproxima) *fazia tempo que alguém não dormia no trailer dele.*
— *ah, sim. sim, mas nós apenas dividimos o lugar, não sei se você sabe.*
— (ri) *não precisa me dar explicações. mas senta, vamos conversar um pouco. posso ver suas mãos?*
— *para quê?*
— *quero ler.*

— (surpresa) *você lê mãos?* (estica as palmas)
— *minha avó me ensinou.*

ele analisa as linhas.

— *oh, céus!*
— (se divertindo) *viu alguma coisa?*
— *sua vida terá desafios.*
— *não me diga.*
— *alguns terríveis.* (depois de uma pausa) *você perdeu seu pai, não é?*
— (muda a expressão) *como você sabe?*
—*está na sua palma.* (acaricia) *ela é toda atravessada por vazios e impermanências. algumas saudades. muitos arrependimentos.* (olha para ela) *na aldeia onde nasci, os brinquedos das crianças são feitos de um material frágil, de tal modo que ensinam o cuidado ao toque, ou irão se romper. eles lembram sua vida, esses brinquedos. as linhas de sua palma parecem uma delicada coleção de ausências. você sempre terá que tomar cuidado com o que toca. até mesmo com o que não está é preciso ter cuidado, pois essas coisas têm presença também. há muita força em suas mãos, Margarida, todas as luzes e as sombras. se souber usá-las, terá prosperidade.*
— *então o futuro não me reserva só tristezas?*
—*não.* (ele sorri) *você encontrará generosidade e alegria. apesar de que.* (estuda as palmas por um instante)
— (preocupada) *o que você viu?*
— (aponta para uma linha que cruza as outras) *você está fugindo de uma mulher, não está?* (Margarida abaixa os olhos) *não adiantará fugir dela, e mesmo assim*

você fará isso a vida toda. até que não sentirá mais medo, pois essa mulher será a única coisa que te restou.

— (arrepiada) *você diz isso de um jeito...*

— *e você terá um grande amor, mas só daqui a muitos anos. não será um homem, mas uma menina.*

— uma menina?

— *aliás, você deve ficar atenta com os homens. alguns dos que cruzarão seu caminho não serão merecedores de sua confiança.*

— e como vou saber se você não é um deles? se não devo fugir deste trailer agora?

— *daqui não precisa.* (ele fecha as palmas) *aqui é destino seu*

‹

— *alguém aí quer torta?!*
— *nãããо*, o público responde, enquanto o palhaço persegue uma criança ao som do bumbo, e, todos sabem, a torta acabará no rosto dele mesmo, PLOFT!, risos & aplausos, inclusive da coxia, de onde Margarida observa a cena.

ela ainda consegue ver, antes de entrar para o segundo ato, alguém estender uma toalha, que ele esfrega no rosto para tirar o chantili. Margarida *estremece*, mais que todo o público, quando o palhaço *olha* para ela da coxia com um ar de desolado esplendor.

    os tambores rufam,

Margarida desponta no picadeiro. recebe assovios, acena para a arquibancada, aponta com a intensidade de uma flecha para a cortina de veludo, mas.

já não é a mesma, Oberon percebe.

    no palco,

        (fole de acordeão)

já não é a mesma.

se move com aparente confiança,

(ela entra numa caixa, fumaça, *silêncio*)

mas há distração em cada um de seus
gestos, ele pensa, puxando uma espada,

Oh!
que enfia
entre a cabeça e o seio

‹

as luzes do circo se apagam na força de uma alavanca e o picadeiro fica vazio, completamente. ainda de figurino, Margarida vai ao trailer do palhaço, bate na porta
    e quando ele abre
    por sorte ela não precisa dizer muito, pois
      essas *coisas*
        quando mútuas
           dispensam explicações.

              logo eles estavam na cama, nus
                  e se esforçando,

      (nas costas)

    como se parissem, naquela musculatura, Asas.

    horas depois, Margarida passeia as unhas pelo corpo do palhaço, enquanto escuta o vento estalar as barbatanas da tenda, nisso que se tornou um jeito de atravessar as noites sem sentir solidão.
    nunca pediu nada, mas em algum momento no pequeno trailer iluminado por uma lâmpada amarela,

      (as mãos virando uma só)

o palhaço lhe apresentou

a *quiromancia*, que ele aprendeu ainda menino, na aldeia onde morava.

— *por que você está me ensinando isto?*

ela quis saber em uma noite, zonza com as inúmeras linhas riscadas com canetão preto em sua palma.

— *você tem olho, nós dois temos. esse olho voltado para o futuro*

‹

ainda assim, Margarida não viu, na leitura de palma que praticava todas as manhãs, às vezes até mais que seu próprio número, que numa noite sem figurino, sem maquiagem, quando procurasse o trailer do palhaço, não o encontraria.

deve ter ido ao centro, ela pensou. e depois de encarar mais uma vez o vazio, foi para o trailer que dividia com o mágico.

subiu no beliche ouvindo as cigarras. o canto costurava seu rosto para dentro.

já era madrugada quando Oberon apareceu. Margarida sentiu o hálito pesado de álcool no instante em que o mágico se enfiou na cama dela, as mãos se impondo dentro de sua blusa.

ela o empurrou, assustada. ouviu o estrondo do corpo batendo, talvez, em algum metal.

ficou à espera, mas não teve coragem de olhar para baixo, não teve coragem de se mover

‹

Oberon saiu cedo, e ao longo do dia não foi visto por ninguém.

tampouco o trailer do palhaço, e Margarida contou devagar *um, dois, três* até a árvore, como se o erro tivesse sido esse.
mas não havia lá nada além do varal dos trapezistas, o vento balançando suavemente os macacões.

— *é o que acontece com os ciganos. quer dizer, não dá pra confiar neles.*

Margarida se volta para a filha do trapezista, que lhe oferece, debaixo de grandes olheiras, o cigarro que fumava do lado de fora do trailer da família.

soltam a fumaça em silêncio. de repente, Margarida corre pelo gramado.

— *mulher, que foi?*

desesperada, aponta para a borboleta que sobrevoa o trailer.

— (zombeteira) *você tem medo?*
— (devolve o cigarro a ela depois que a borboleta se vai) *se você contar pra alguém eu te mato*

foi só à noite, quando Margarida já estava em seu figurino, se maquiando na frente do espelho, que escutou Oberon adentrar o camarim. ele passou pesadamente pelo corredor de artistas, o vapor do laquê se misturando à umidade de seu casaco.

ninguém costumava se preocupar com ele. sabiam com que rapidez o homem se tornava um personagem, está habituado a ter pouco tempo, é o dono, *quem dera meu número fosse minha única preocupação.*

mas hoje ele carrega, sim, alguns olhares, quando para no espelho de Margarida, com um galo espetacular no meio da testa. ela segura a vontade de rir e segue passando o batom. ele espera que ela termine toda a curva da boca, espera até que os lábios fiquem *incandescentes*, para então apoiar as mãos na cadeira com tanta força que a viraria, se quisesse.

Margarida tenta se manter firme ao ouvir o que no fundo já sabe:

— *aproveite sua última noite. amanhã quero te ver fora daqui.*

ele larga a cadeira, as botas fazem o caminho inverso pelo corredor.

alguns artistas olham para Margarida pelo espelho, depois continuam os preparativos para entrarem em cena. a única pessoa que realmente viu Margarida se levantar foi a filha do trapezista, que ali mesmo mudou de penteado, realçou o olho e a boca. tinha o número de Margarida na memória e tão completamente que Oberon não teria nenhum problema naquela noite. ela estaria ali para salvá-lo, embora o vestido estivesse para sempre perdido

‹

Margarida avança pelo acostamento com uma pequena mala, mantém o passo até perder de vista o circo.

pede carona cada vez que escuta o som de um motor, mas os carros não param. depois de muitas tentativas é a vez de um caminhão despontar na curva, lentamente, até que o motorista se alinha com o vestido branco que viu de longe e que se parece tanto com o de uma noiva, talvez a dele, talvez a que ele um dia perdeu.

Margarida corre até a janela, ele abre e pergunta para onde.

— *qualquer lugar serve.*

então suba, diz, impressionado com a semelhança daquela mulher com a sua doce Janaína.

de olhos vermelhos, o motorista liga o rádio e, ao som de Belchior, guia sua carreta pela escuridão.

— *estou indo para Belva.*

Margarida olha para ele como se o homem tivesse jogado algo vivo em seu colo, algo que não se pode deixar cair ou morrer; depois de um tempo ela apenas assente, muito cansada, coloca as mãos na barriga e diz a si mesma que, de toda forma, em algum momento, ela teria que voltar para casa.

a certa altura da noite, tão silenciosa apesar do rádio, o motorista dá seta, para próximo ao acostamento. coloca a mão na coxa de Margarida, *você tem como pagar?*

um desespero veloz enfraquece os pensamentos dela. ainda assim consegue dizer:

— eu leio mãos. leio mãos, sim, vejo o futuro na palma, se o senhor quiser posso ler a sua.

os olhos do motorista se abrem, atingindo a mesma imensidão dos faróis. ele volta para a estrada, mas diz que em breve eles vão parar em um posto de gasolina, *e se a senhora puder ler as minhas mãos, nossa, eu agradeço muito,* e claro que Margarida não podia explicar as próprias lágrimas nem para si mesma, lágrimas que por sorte lhe escorriam em silêncio e no escuro

Margarida pousa a mala em frente a um portão laranja.

   ajeita o coque, bate palmas, e quem sabe se depois de entrar, depois de sentar à mesa sem dizer muito, a vida não volte ao que era antes, ou tão perto disso, que não fará diferença alguma partir, voltar. aperta a saia do vestido bem ali onde o tecido plissa, quando percebe a mãe na porta da cozinha, mais encurvada, talvez, do que Margarida se lembra, e a escuta dizer *misericórdia*, depois, *santo Deus misericordioso!*, acompanhada por um tilintar de chaves.

UMA DELICADA COLEÇÃO DE AUSÊNCIAS

Que horas seriam? Seis? Porque, quando
              [saímos ainda estava claro
e tudo podia ser visto do jeito que era,

                      Louise Glück

A NÉVOA

escurecia na pequena casa onde Margarida cresceu e morou por toda a vida, sem contar o interlúdio de sua fuga — mas isso aconteceu há tanto tempo que soaria até como uma memória inventada, se não fosse por tudo o que permaneceu daquela época. de outro cômodo, uma menina chama:

— *vó!*

e Margarida apaga o cigarro ainda contemplando o lusco-fusco pela janela da cozinha.

quando abre a porta do banheiro, tudo é de um azul tão retumbante que as paredes parecem tremer. o espelho reflete a ligeira curva que Margarida ganhou nas costas ao longo dos anos, mas o rosto misteriosamente se manteve com o mesmo blues.

— *que foi?*

a menina aponta para a torneira de água quente. está de calcinha, o uniforme do colégio no piso, ao lado do que antes parecia da maior importância, mas que de repente se acabou: era um *dadinho*, esquecido no chão do banheiro, pois agora a menina é só o próprio corpo, sem a companhia de objetos. tal recusa não foi uma decisão, mas algo que lhe aconteceu numa tarde em que brincava de boneca e sentiu o plástico, tudo aquilo era de plástico, olho, joelho, pezinho. soltou a boneca no quintal, deixou que a noite a engolisse. no outro dia, a avó perguntou o que houve, com a boneca de ponta-cabeça nas mãos.

não quero mais.
tem certeza, Laura?
tenho.
posso dar para o Camilo vender?
pode.

mas a avó não fez isso, escondeu no armário da lavanderia, para que no futuro, quando mostrasse à Laura, ela pudesse experimentar a mesma sensação que Margarida teve há pouco, olhando o lusco-fusco pela janela. quando se deparar com a bonequinha, irá sentir um poema ao tempo vivido que é a nostalgia. mas é preciso que aconteça daqui a muitos anos. é preciso primeiro Esquecer, para então verdadeiramente lembrar.

a menina abre a torneira, iiiiiiii, *a se-*

nhora ouviu? como se o alfabeto emperrasse.

Margarida se aproxima do barulho. coloca as mãos na água, que demora, mas esquenta. então não deve ser grave, não deve vir do fundo da parede.

— *pode tomar banho, querida.*
— *no duro?*
— (distraída com o bolor dos azulejos) *no duro. amanhã peço para o Camilo dar uma olhada nesse encanamento.*

Laura tampa o ralo, espera ansiosa a banheira encher. cargas elétricas parecem percorrer seu corpo, e nos olhos a mesma bondade serena e luminosa de um cão.

a avó coloca o uniforme no cesto de roupa suja. *você lavou o cabelo ontem*, diz. *prende para não molhar.*

Laura refaz o rabo de cavalo, frouxo desde o corre-corre na quadra, quando fugiu de Lívia, pegou Jordana e venceu. ainda mais frouxo depois da lousa infinitamente preenchida por uma tal de raiz quadrada que chegou apenas para entristecer os cadernos. quem disse *sim* quando a professora perguntou *entenderam* ou mentiu ou foi apressado. era só esperar pelo fim da aula para perceber que a cabeça sabia o tanto que sabia antes, talvez até menos. já a professora de português ofereceu à Laura uma segunda chance para a menina melhorar o caderno que tinha se tornado um acúmulo de anotações sem data, todo sujo nas bordas, além daqueles desenhos inexplicáveis — *monstros* talvez? — que levantavam a suspeita de que a menina ficava rabiscando em vez de prestar atenção na matéria. *mas que falta de capricho, Laura, será que eu vou ter que conversar com a sua avó?*

a pergunta gelou a menina de morte, ela sentiu algo tão grande como se tomasse um comprimido e crescesse. não que Margarida fosse brava, mas algumas coisas a deixavam triste, e não ir bem na escola com certeza era uma delas. por isso Laura apontou o lápis e vestiu a própria letra de capricho. se surpreendeu com a súbita precisão do *O* depois de um *S* bem macio; continuou aquela letra muito limpa, quase bonita de tão irreconhecível, e diante do esforço da menina que até suava a professora de português garantiu que o segredo do caderno ficaria bem guardado com ela.

mas o segredo também está em Laura ali no banho, e a menina pensa que a avó não merece uma neta que tenha duas caras, a suja e a limpinha, a de olhos de cão e a que xingou Lívia de *puta*. não sabe o que deu nela, mas disse isso quando Lívia fez aquela coisa no seu pé para que ela tropeçasse. agora a menina sente o aperto de viver sendo duas, a incontrolável e a de sempre, mais calminha.

desliga a torneira do banho, iiiiiii.

Margarida pega o cesto de roupa suja e apaga a luz.

— *vó!*
— (volta e acende) *desculpa, filha!*
— *fica aqui pra gente conversar.*
— *já venho.*

Laura desce a calcinha. vê aquela mancha no tecido que sempre a faz sofrer de pura existência.

entra na banheira. desliza o sabonete pelo corpo, imitando uma propaganda que viu na tevê.

Margarida chega com um banquinho e o cesto de roupa suja vazio. abre a janela, *que calor aqui.*

— *vó, a professora de português elogiou meu caderno.*

— *(senta perto da banheira) é mesmo?*
— *disse que tá um capricho.*
— *mas que boa menina! (se abana) e como vão suas amiguinhas?*
— *a Jordana tá normal e a Lívia fazendo planos para dominar o mundo.*
— *sei. e o quê mais?*

Laura dá de ombros.

— *quer brincar de confissão?*

putz.

a avó gosta de brincar disso mais que ela. até porque, para a menina, era preciso selecionar, entre as confissões, uma que não fosse de caderno sujo ou qualquer coisa da escola que entristecesse a avó.

— *a senhora começa.*
— *tá. deixa eu pensar... já sei. hoje na feira, quando eu estava lendo as mãos de uma cliente, senti felicidade pela vida que ela teria.*
— *o que a senhora viu?*
— *não era nada de destino. era apenas ela mesma. algo bonito nela. como uma integridade.*
— *ela era de cravo ou de eucalipto?*
— *eucalipto.*

mas Laura já sabia.

— *agora você.*
— *tá. é uma confissão barra pergunta, pode ser?*
— *sua vez, suas regras.*
— *o que é essa mancha que fica na calcinha?*
— (se levanta para olhar) *de sangue?*
— *não, vó, eca!*
— (põe a calcinha no cesto. aproveita para jogar no lixo aquele dadinho todo detonado) *é corrimento, filha. é normal.*
— *mas por que sai em vez de ficar?*
— (volta ao banquinho) *pensa que é igual a um nariz.*
— (ri) *tá.* (depois de uma pausa) *vó?*
— *hum?*
— *conta uma história da minha mãe?*
— *quer a do cinema?*
— *sim!*
— (puxa o banco para mais perto) *sua mãe adorava música. ainda deve ser assim, porque essas coisas não mudam, essas coisas são quem a gente é. quando ela começou a ter idade para assistir filme, dizia que o melhor lugar para ouvir música era dentro deles. porque a música não ficava solta, tinha onde se deitar. música é igual luz, existe sozinha, mas só ganha alma quando ilumina alguma coisa. ela assistia muitos filmes na tevê. quem visse de longe, achava que ela estava dormindo. mas é que depois de assistir uma cena, ela fechava os olhos para ouvir o que tinha visto. quando descobriu o cinema, queria ir todo dia.*

mas não tinha como. eu falava Glória, minha filha, não tem como, a gente não tem dinheiro, não dá. até que ela inventou de ser lanterninha. usava quepe, trabalhava horas e horas, só para assistir as músicas.

e ainda que Laura tenha ouvido aquela história incontáveis vezes, não se cansava nunca. queria apenas que a avó continuasse, até o sono começar a beijar os olhos da menina

Laura passa a toalha entre os dedos do pé. as covinhas nas costas são as mesmas de Glória, Margarida pensa, e a menina pergunta, coçando os olhos, que horas são.

quando deixam o banheiro, Laura pisa lentamente um passo depois do outro, para mostrar o quanto isso a torna, não sei, com sorte, especial.

entram no quarto. com a toalha na boca, Laura espera a avó lhe estender o mundo do modo como ela o conhecia, e, no mesmo gesto por cima do gesto pelos anos, Margarida lhe entrega o pijama. ao ver a cabeça de Laura no fundo do tecido, aperta aquele *corpinho* contra o dela.

raspa uma sombra no travesseiro, um muco qualquer no tecido, para em seguida ajeitar o lençol, e Laura se deita na cama que divide com a avó.

— *com Deus me deito, com Deus me levanto, com a graça de Deus e do divino Espírito Santo, Amém.*

antes de deslizar para o sono, Laura vislumbra uma nudez luminosa.

— *vó,*

ela chama, parece que irá esquec ˆ -la no momento em que Margarida deixar o quarto.

Laura ainda não sabe que se tornará cada vez mais um corpo que atravessa a porta em direção a seu próprio desaparecimento; um corpo que à luz das atividades do dia será maturado e completo e por isso muito mais visível que o dela de criança, com veios e amplitudes, pintas e a bunda perturbadoramente plana. mas eram os seios o seu maior assombro, ter seios mudaria tudo

— *vó!*

Laura ainda chama
e escuta
lá do fundo aquoso do que já é um sonho: *dorme, querida*

'

Margarida procura na gaveta alguns grampos para guardar os fios que teimam perto da franja. mas não se demora no espelho, prefere sentir o rosto de modo vago, para que pesar na memória isso que permanecerá no escuro pelo menos até amanhã? ainda que note as orelhas ligeiramente caídas, como se tivesse acabado de tirar um brinco de pedras.

Glória sempre esquecia de tirar os brincos antes de dormir. quando Margarida entrava no quarto, via aquele brilho no travesseiro. desenroscava a tarraxa, deixava na mesinha. mas na noite seguinte, durante o sono, eles continuavam pendendo num aviso de que Glória não era, não podia ser dali.

quando Laura era menor e perguntava constantemente pela mãe, às vezes pelo pai, *por que não tenho nenhum? as outras crianças têm e eu não tenho, onde encontro mãe?*, porque pai acontece com mais frequência de não ter.

ou ter, mas tão ruim que é até bom quando não tem mais, e Laura queria saber o que aconteceu com a mãe dela, *morreu?*

não.

onde ela está?

se eu soubesse, querida.

então ela morreu.

não, Laura. ela disse que voltaria. que era só uma viagem com um homem que ela conheceu.

meu pai?

não. tua mãe não sabe quem é teu pai.

a senhora sabe?

como saberia?

(estica) pelas mãos.

(recusa) palma de criança não se lê.

por favor, vó.

não está pronta. é igual provar bolo cru.

como a senhora sabe que minha mãe não morreu?

eu simplesmente sei.

mas se ela me abandonou, isso não é pior que morrer?

ela te deixou comigo e te deixar comigo não é pior que morrer, não é nem mesmo abandonar, porque ela sabia que você ficaria bem. você está bem, não está?

por que ela fez isso?

o quê?

uma viagem.

não sei, mas as pessoas sempre têm suas razões.

ela é má?

não, nunca foi má.

como ela era?

e a avó lhe estendeu a foto de uma mulher fumando que Laura pensou ter saído de uma revista.

é ela?

Margarida assentiu.

mas por que tão bonita?

e a avó baixou os olhos sem encontrar o que dizer.

Laura carregou aquela foto na mochila. quando uma vez no colégio Lívia perguntou de pai, também de mãe, Laura respondeu que a dela viajou para sempre com um homem.
seu pai?
não, eu não sei quem é meu pai, mas a minha mãe eu sei, tá aqui ó, vê — ela mostrou a foto para a amiga, embora a beleza da mãe atrapalhasse fazendo-a parecer inventada, uma artista de cartão-postal.
depois de um tempo, Laura guardou a foto na gaveta, abria e fechava a ponto da mesinha caducar. decorou o rosto da mãe, mas aos poucos o esqueceu, até que por fim levou a foto para o banheiro, jogou na privada, e a mãe girou e girou até desaparecer.

na mesma noite, Laura decidiu ficar apenas com o rosto de Margarida, fazer o que se sua mãe tinha envelhecido mais rápido, se o relógio da sua casa corria mais depressa? tinha mãe, sempre teve, e sua mãe se chamava *vó*.

Margarida se afasta do espelho. pega uma toalha, pendura no cabide e a luz parece fazer o tecido se arrepiar.

imerge na água leitosa do banho da neta. solta o ralo, abre a torneira quente — iiiiii — que reequilibra a temperatura. mas está tudo lá, as coisas que Laura deixou no banho, e Margarida recolhe os lábios numa expressão que lembra alguém que precisa conter o riso. mas não é o caso, nesse momento Margarida não sorri. tampouco precisa se conter, está sozinha, e pela manhã aconteceu algo semelhante, quando Camilo disse à Margarida — o que mesmo? o que foi que ele disse?

era alguma coisa sobre a vitalidade dela e, em retribuição, Margarida pareceu sorrir, mas foi apenas o caimento de uma sombra em seu rosto, pois ela nunca sabia para que lado olhar quando escutava um elogio.

ah, por Deus!

como foi mesmo que Camilo falou? não saberia repetir, mas é possível que ele tenha usado a palavra pique, *mas que pique invejável, hein, Marga*, é, deve ter sido qualquer coisa assim. o que no entanto não é verdade, pois com ou sem pique Margarida apenas segue em frente, e quem sabe este seja seu único mérito, fingir até encontrar o ânimo que agora mesmo parece ter caído de seu rosto que observa a janela aberta.

depois de muito tempo, ela afunda as mãos e pega o sabonete que Laura esquece sempre afogado na água cada vez mais fria, como uma festa que já terminou, embora a última convidada insista em ainda procurar qualquer coisa meramente ruidosa ou alegre ali

,

Margarida até tentou acordar a menina quando as duas estavam na cama. *não quer ir com a vó?* insistiu, mas Laura apenas se virou de lado e Margarida lhe ajeitou as cobertas. está crescendo, e precisam de mais sono à medida que crescem. não aconteceu o mesmo com Glória? pior que Glória, aliás, não há de ter.

antes de sair, deixa o leite quente na garrafa térmica onde boia uma nata que se enroscará na língua da menina, fazendo Laura perder alguma coisa além do apetite. por isso a menina prefere o leite gelado, que nunca traz em seu corpo nenhuma surpresa *pegajosa* feito essa.

Margarida tranca o portão, segue rumo à feira de antiguidades.

o filho do seu Júlio lá da quitanda toca o sino da bicicleta, com a cesta cheia de verduras a tremer nos paralelepípedos. Margarida acena para ele, cumprimenta uma e outra mulher do bairro, vê uma senhora corcunda que a faz virar a cabeça — não é que parecia sua mãe? — e desce a ladeira com cuidado, enquanto os cães na calçada a acompanham com o olhar.

no centro de Belva, ali na praça da matriz, homens desembrulham um plástico e vestem com ele uma barra de ferro depois da outra, até que algo parecido com uma casa depenada esteja de pé. logo as barracas se multiplicam, misturadas às vozes dos homens que parecem conversar em outra língua, a língua da montagem, a língua de um lugar que precisa nascer e morrer diariamente naquela praça.

os comerciantes esticam seus panos rubros para cobrir a velha superfície de mais um dia de objetos que abandonam carros e malas para repousarem no veludo como se fossem reis.

são coisas de todo tipo, orgulhosamente concentradas em suas formas obsoletas, mesmo que sejam máquinas de mil furos desconhecidos, além de pérolas falsas e carcomidas pelo tempo à espera de um pescoço que esteja vivo.

com estampa militar, uma camisa roça na cúpula de um abajur ao lado de um bule e de todos aqueles pires outrora elegantes, especialmente se acompanhados por talheres ainda intactos, bíblias também intactas, em contraste com este pobre dicionário de bolso cheio de palavras extintas.

insistentes eram as cartas, e também as chaves. as plumas, e também os discos. aros, medalhas, que o passante revira com os olhos, como se estivesse diante da gaveta de um morto, até que alguma coisa o faça parar, ele que pensava que jamais o faria. porém aquela *coisa*. aquela pequena inutilidade em bronze o faz parar numa alegria não só de olhos, mas também de mãos. a ponto de perguntar o preço, olhar de novo. e balançar a cabeça, convencido. aceitar a sacola. andar com seu *novo* objeto pela feira onde os tempos coexistem com tamanha leveza que por um triz o Tempo ele mesmo não se torna visível, que descuido, por um triz Ele não mostra todo o seu rosto de Deus nunca visto.

quando por fim Margarida chega à praça, a feira de antiguidades já está a todo vapor.

há como sempre na barraca de Camilo um movimento que só cresce, e mesmo que ele seja capaz de encontrar qualquer objeto que um cliente deseja, sua barraca ficou famosa por seus brinquedos bem conservados, mas com um brilho de relíquia.

para os pais, aquela se tornava uma esquina sentimental, onde podiam levar os filhos para perto das crianças que um dia eles também tinham sido. além disso, Camilo era simpático, as mães o adoravam — as avós então, nem se fale! —, embora seu olho estrábico parecesse sempre vagar por outros mundos.

não é para todos que ele conta, mas para essa senhora que acabou de comprar mais uma leva de brinquedos para os netinhos, ele diz, sim, que já vendeu muitos de seus objetos para o teatro e até para o cinema.

não me espanta. essas coisas que o senhor vende são muito especiais, e Camilo a abraça, o que incomoda Margarida, claro, não acha que precisava de tanto. não se lembra de já ter abraçado um cliente, embora depois das consultas alguns pareçam precisar.

quando a velha se afasta, Margarida se dirige a Camilo, dá dois beijos em sua bochecha. pega as cadeiras de praia que ele tira da Kombi e, antes de atender outra cliente, ele diz à Margarida que à noite, quando for à casa dela, terá uma coisa para lhe mostrar.

— *o quê?*
— *surpresa.*

no instante em que Margarida se vira de costas, ele chama seu nome. alcança uma boneca de cabelo escuro — *não parece a Laurita? leva pra ela.*

ah, se deixar.

— *se deixar você estraga a menina. mas ela não gosta mais, eu não te disse?*
— *o que deu nela?*
— *tá crescendo.*
— (devolve a boneca para a barraca) *rápido, não acha?*
— *nem me fale.*

Margarida vai até o guarda-sol, o único entre as barracas, montado por Camilo. ela pendura a plaquinha Leio mãos na barra de ferro, abre as cadeiras uma de frente para a outra e senta à espera dos clientes.

uma jovem se aproxima da barraca de calçados. parece interessada em sapatinhos para crianças. *pegue neles, madame, veja como são macios,* e ali onde ficam os bancos de cimento sem encosto, pintados com o número do vereador, um rapaz de terno sobe em um deles

(a mulher sentada no mesmo banco olha para cima)

para dizer que:

(mas logo ela volta o rosto para o movimento da praça),

o rapaz tosse antes de recitar o poema, senhoras se abanam com tampas de alumínio e, por Deus, aqui ninguém compreende, quando um poeta está fora de seu quarto, um poema não é nem mesmo um pombo bicando eternamente o paralelepípedo, quem dera fosse um carro de polícia, enquanto a jovem corre com o sapatinho rente ao peito — *pega ladrão, pega ladrão!* — o vendedor grita, mas sua voz logo se mistura a outros pequenos azares ao redor da feira, para enfim se dissolver no silêncio de uma demorada partida de xadrez na mesa da praça.
    o vendedor pensa em correr atrás da jovem, não que o sapatinho valesse muito, ainda assim ele pede à vizinha que dê uma olhada em sua barraca — mas não seria ainda mais *perigoso*? —, no entanto àquela altura, bem, àquela altura a jovem já tinha desaparecido.
    o vendedor de balões costura o céu da feira com ovos flutuantes, substituindo

as flores do seu Hélio, que não voltou desde que o filho saiu do país.

e olha quem avança pelo centro da praça, não é a mulher que estava no banco onde o poeta recitou?

ela se aproxima do guarda-sol, quer saber o preço da consulta.

— *é você quem decide o valor.*

ela senta na cadeira de praia.

Margarida procura na bolsa um vidrinho com óleo de cravo. pergunta se a mulher tem alergia, mostra o rótulo. pinga na palma das mãos e esfrega, escutando aquele barulho áspero de papel. coloca os óculos, observa as linhas.

sim, ela diz, *estou vendo.*

e depois de uma pausa a mulher pergunta *o que a senhora vê?*

uma noiva, Margarida diz, erguendo seus olhos escuros.

elas ainda não sabem que, por aquela consulta, uma ganharia e a outra perde-

ria o que à noite as duas considerarão uma
pequena fortuna

,

Laura percebe que está sendo observada, talvez por isso esteja tão séria. continua regando as plantas, se estica para molhar as que estão ao fundo, revelando as solas encardidas dos pés:

o filho do seu Júlio se aproxima, empurrando a bicicleta pelo guidão.

quanto às plantas, bem, é um milagre que a menina tenha se lembrado de regar. da última vez que disse *reguei*, elas ficaram tão chochas que logo a desmentiram. embora Margarida tenha acreditado que a culpa foi do calor, Laura sabia que tinha sido sua e desenhou no caderno um machado decapitando uma flor.
mostrou o desenho a Lívia, que disse *parece um estômago*, e Laura confirmou, *é isso mesmo, é o seu estômago verde e nojento*, de modo que Lívia a atacou sem tréguas, as duas rindo no colchão da quadra, quando Jordana chegou com tudo e simplesmente se jogou em cima delas — *vai se foder, Jordana sem noção!*

o rapaz está com a bicicleta na calçada, a roda tão perto das grades que invade o quintal.

ei, ele diz. tira a boina e Laura se aproxima.

— (ele pega uma moeda do bolso) *quer ganhar um real?*
— *pode ser.*
— (olha para os lados) *então me mostra o que você tem aí debaixo da blusa.* (pausa) *entendeu o que eu disse?*

Laura encolhe os ombros.

— *se você levantar a blusa, esta moeda será sua. o que me diz?*
— *só se você me der sua bicicleta.*
— *a bicicleta eu não posso.* (apalpa os bolsos) *te dou duas moedas, o que acha? uma por cada peitinho.*

ela volta a regar as plantas.

— *não tem coragem?*

o ignora.

— (ele sobe na bicicleta) *você é má.* (toca o sininho) *muito má!*

Laura se afasta pelo corredor.

entra na cozinha, que lhe parece mais escura, vai ao quarto. se agarra

nas grades da janela, imagina a si mesma pedalando, vento na cara, e o filho do seu Júlio

morto

depois de ter levado um chute no meio das pernas

,

Camilo estaciona a Kombi na frente do portão laranja. desce do carro com uma sacola, bate palmas e vê Margarida se aproximar pelo corredor. ela o cumprimenta com dois beijinhos apressados na bochecha.

— *o que é isso aí, documento?*
— *já vou te mostrar.*

entram na cozinha iluminada por uma lâmpada amarela que recai sobre as flores de plástico empoeiradas no centro da mesa. ainda com a sacola nos ombros, Camilo vai até a sala.

— (afaga o cabelo da menina) *dona Laurita, dona Laurita.*
— (sem tirar os olhos da tevê) *oi.*
— (voltando) *o cheiro tá bom, hein, Marga.* (pendura a sacola na cadeira)
— (do fogão) *quase queimei a cebola!*

Camilo pega um maço de cigarros no bolso, aproveita para deixar um dinheiro debaixo do liquidificador.

a quentura da sopa embaça a janela da cozinha. Margarida vai até o armário, pega os pratos cor de âmbar e as colheres tão leves com seus cabos de madeira. Camilo acende o cigarro, e ela diz que não vê a hora de fazer o mesmo.

— (pega uma pasta dentro da sacola) *você não vai acreditar no que eu encontrei.*
— (abaixa o fogo) *deixa só eu terminar aqui e você me mostra.*
— (se levanta) *vou dar uma olhada na torneira que você falou.*
— *ah, isso mesmo, isso mesmo, querido, obrigada!*

Camilo entra no banheiro azul. se aproxima da banheira, senta na borda. inala aquele cheiro de bolor.
abre o registro frio que faz silêncio, em seguida abre o quente — iiiiiii.

— (com o cigarro na boca) *tá precisando de óleo.* (mais alto) *vocês já tomaram banho hoje?*
— (Margarida, da cozinha) *eu ainda não!*
— (volta pelo corredor) *vou pegar o lubrificante.* (procura a chave do portão) *depois do banho você passa e aí só usa a torneira amanhã.*

ele atravessa o quintal. abre a Kombi e procura entre fantoches, peões e tabuleiros sua velha caixa de ferramentas que ele abre no escuro, quando uma moto passa soltando o escapamento. *filho da puta. esses motoqueiros são uns filhos da puta.*

termina o cigarro na porta da cozinha. observa o varal com arames azuis e ondulantes que ele mesmo instalou, hoje vazio, nada além de um e outro pregador de madeira que Margarida sempre esquece de tirar.

quando volta à cozinha, Laura está segurando o prato para que a avó lhe sirva a sopa.

— (pega a colher) *posso ir?*
— *claro, meu amor.* (para Camilo) *ela quer ver televisão. senta.* (ele deixa o lubrificante na pia)

Margarida enche mais dois pratos, pergunta se Camilo quer pão. apoia na tábua, corta e guarda o restante para o dia seguinte.

— (Laura, da sala) *gosto quando o Camilo vem aqui porque a vó deixa eu ver televisão até tarde.*
— (ele sorri) *é mesmo?*

— (Laura, no intervalo de uma colherada) *é.*

— (Camilo empurra a pasta para Margarida) *abre. vê o que tem aí.*

ela deixa a colher no prato, puxa os óculos no balcão. pega o jornal de dentro da pasta e sob a luz amarela da cozinha lê uma crítica bastante elogiosa a um espetáculo que ela havia apresentado no circo. Margarida põe os olhos com cuidado em cada palavra, como se fossem eles e não as mãos que pudessem violar aquelas folhas tão antigas.

— (ergue o rosto para Camilo) *onde você encontrou isto?*

— *você, que trabalhava com um mágico, devia saber que eu não posso revelar meus truques.*

Margarida ri, desajeitada — o que faz Laura virar a cabeça para o corredor.

— *viu o que está escrito?* (ele pega o jornal) *a nova assistente de palco do mágico Oberon promete ser a melhor contratação da temporada, com potencial para se tornar uma estrela.*

— *ah, mas isso faz tanto tempo! só você para encontrar uma coisa dessas.*

— *pena que não tem foto.*

do corredor, Laura vê a avó dar um
tapinha no rosto de Camilo, que segura a
mão dela e beija

,

Laura desenha uma dor de cabeça. capricha nas ondas que esmagam o cérebro até sair fumaça, morde o pão de ontem, apoia no prato e dá um gole no leite frio.

quando a avó surge na cozinha, a menina se apressa, guarda o caderno e o lápis, vira o copo e termina o pão antes de desaparecer no corredor.

volta de uniforme, com os dentes tão frescos quanto o leite que tomou.

Margarida coloca a bolsa no ombro, Laura imita o movimento com a mochila. a avó manda a neta ajeitar as costas e as duas saem pelo quintal.

seguem a pé rumo ao colégio, e por algum tempo a casa de portão laranja parece se mover com elas, resguardando — não com as paredes do quarto, mas com os azulejos e a janela da cozinha — aquela intimidade que se estende pela rua até o limite da desintegração. parecia que Laura era o braço e Margarida o tronco, Laura as pernas e a cabeça meio a meio, numa lenta geografia de monstro que os passantes não ousam separar. por instinto, são sempre os outros que soltam as mãos de suas companhias, ainda que provisoriamente são sempre eles quem perdem a calçada e improvisam suas escolhas de pisar na grama ou então no asfalto:

Venta.

    a barra do vestido de Margarida roça na canela de Laura, que espreita os peitos da avó.
    no fundo de tudo que balança em sua mochila, a menina escuta o som do papel-alumínio encostando talvez no caderno. a avó tinha preparado outra fatia de pão, quase idêntica àquela que já está em sua barriga, não fosse pelo queijo ralado.
    o problema é que, além do pão, a avó também colocava na mochila aquele verdadeiro nojo em forma de líquido chamado groselha. às vezes, Laura tentava distrair a avó com matemática enquanto ela preparava seu lanche, mas a groselha ia sem falta naquela garrafinha cada vez mais tingida também pelo cheiro que faz Laura se sentir doente lá no fundo da garganta.
    no intervalo, a menina despejava o líquido na pia do banheiro, com a vista escurecida de tanta culpa. sabia, porque tinha ouvido no fluxo das coisas anuncia-

das que lhe vinham à cabeça, que os objetos são animais que não deram certo. e aquele xarope na pia talvez fosse o sangue da garrafinha que não deu certo. quando Laura se olhava no espelho depois que a groselha escorria pelo ralo, sentia muita pena não só do vazio, mas também daquele brasão da escola preso na blusa, pena do shorts que acabava ali, perto dos joelhos, pena em especial da fatia de pão sendo mastigada sem oferecer nem mesmo um grito. Laura gostaria de proteger melhor os objetos, gostaria de entregá-los a si mesmos num abraço, e isso durava até suas amigas virem dizer:

vamos brincar de pega-pega? vamos
nos esconder do resto da classe?
vamos fazer
qualquer coisa
que movimente bem
as pernas.

e era o que bastava
para Laura convocar em si um ritmo imbatível:

sai da frente, olha a Laura! deixa ela, sai da frente!

ah, correr. correr e correr muito rápido. até sumir ou cansar ou ventar o uniforme dos outros, correr, e Laura diz para a avó que noventa e cinco por cento das coisas mais divertidas a se fazer no pátio envolvem o risco de cair.

— *no duro?*
— (pisca) *pode apostar.*

quando chegam ao colégio, Margarida beija a cabeça da neta. o cheiro é o mesmo do cabelo de Glória, apesar de que.
a cabeça de Laura vence, sutilíssima

,

Margarida conversa animadamente com o porteiro do colégio. Laura percebe a sombra de suor no vestido da avó, bem ali nas axilas. segura com força a gola da camiseta enquanto observa a avó, por fim, se afastar.

olha de relance para o porteiro, que parece feliz com aquele encontro, e agora ele cruza as mãos na barriga para descansar.

se volta para a avó, que a essa altura está a ponto de quase sumir de vista:

se pergunta como Margarida tem coragem de mandar ela ajeitar as costas, justo as suas, infinitamente mais eretas que as da avó.

marcha rumo ao pátio, a gola frouxa a revelar o agudo de sua clavícula. sente ciúmes, ou talvez raiva, daquelas crianças menores que se esparramam aos gritos, e mesmo que de vez em quando recebam umas palmadas tudo aquilo parece aceitável, são crianças, ao passo que — o que ela é, afinal?

alguma coisa nebulosa, ainda no começo de se tornar adulta, que observa impassível a avó se afastar com as costas envergadas, seguindo e seguindo, até que — *oiê.*

Laura se vira.

e daquele jeito muito sério quando o assunto é realmente sério, Lívia diz que precisa mostrar a ela uma coisa.

— *a Jordana já chegou?*
— *não. mas eu quero mostrar só pra você.*

Lívia conduz Laura por caminhos impossíveis no pátio, que se abrem apenas quando elas estão juntas, e ah, como era bom! ter uma amiga que te procura com uma grande novidade nos olhos. que sorte é chegar e logo ser vista; mais do que isso, ser requisitada. não era de espantar que lá pelo meio do caminho Laura se sentisse milagrosamente parte da rotina do colégio.

bastava que Lívia ou Jordana a envolvessem em seus assuntos para que a avó ficasse esquecida feito um móvel coberto por lençóis.

quando a aula terminasse, os lençóis seriam puxados e o ciclo se reiniciaria, dessa vez com Lívia e Jordana. por que será que dizer um adeus nunca ensina a dizer o próximo? é horrível ver alguém diminuir e aumentar de tamanho dentro de você. além do mais, quando uma pessoa se afasta ela parece se tornar mais verdadeira no momento exato em que parte. e você nunca terá *aquela* pessoa que mora na pessoa que você costuma ter.

Laura continua a ser guiada, continua mantendo o ritmo. procura aquela manchinha no joelho de Lívia só para garantir que não se perdeu da amiga. depois de um tempo elas param e caminham em direção a uma grande pedra.

— (Laura tapa o nariz) *que cheiro é esse?!*

Lívia faz *shhhh*, e com os pés afasta algumas folhas secas. o som é reconfortante, mas logo dá lugar ao susto de ver aquele bicho que em vida provavelmente foi um rato, mas que agora não passa de um cimento viscoso, coberto por uma espantosa camada de mil olhos que deslizam em cima dele — *o que é isso?*

— *larva de mosca.*

um movimento hipnótico, sem dúvida, e que avança com o peso de uma plasta, como se um novo bicho nascesse de modo escorregadio.

— *essa coisa tá comendo ele?*
— *não é horrível? bem, é o que vai acontecer com todo mundo.*
— *todo mundo?!*
— *dentro do caixão é isso que acontece. mas você também pode ser cremada, se quiser.*
— *a gente não devia arrumar um caixãozinho pra ele?*
— *você vai tocar nisso?*

Laura faz uma careta.

— *a gente podia usar uma pá.*
— *agora é tarde. as larvas vão levar ele embora de todo jeito.*

as duas ficam ali, olhando e olhando, igual no laboratório de ciências. quase podem sentir o cheiro de éter e, ao ouvirem o sinal, correm de volta ao pátio, mas agora com pernas em dobro, tropeçam, se ultrapassam, e embora Lívia jure *não temos nada a ver com isso* as duas estão a mil pés dos outros alunos, muito além dos livros e de toda a biblioteca, quando encontrarem Jordana estarão inalcançáveis — ao menos enquanto durar o brilho do que viram a borboleta avança num voo desgovernado. Margarida corre, protege os olhos e quando abre:

a borboleta *desapareceu*.

se apoia num muro, está suada até os ossos. aos poucos se acalma, alinha o vestido e o coque.

segue pela rua, envergonhada e *quase* risonha. não sabe de onde vem aquele medo, tampouco consegue controlá-lo. não deseja mal às borboletas, quer apenas que se afastem, pois elas sempre lhe causam arrepios de morte.
no entanto, depois que vão embora, estranhamente não dói pensar nelas. depois que vão embora, Margarida é capaz de rir de si mesma descendo a rua em direção à praça da matriz.

cumprimenta mulheres do bairro, inclusive algumas que já *atendeu*, mas que fingem conhecê-la por outros motivos, afinal a curiosidade em saber o futuro é um tipo de fraqueza que não vale ser lembrada.

atrás dos portões, cães acompanham os passos de Margarida. ela não olha para eles, não olha para nada quando desce a ladeira. sempre se imagina caindo, o pé engessado, e como faria para cuidar de tudo se precisasse ficar imóvel por semanas?

chega, enfim, à rua da feira. passa pelos comércios que levantam suas garagens e ouve, ao longe, o sininho da bicicleta.

cruza com homens de terno que parecem sempre o mesmo homem voltando e voltando na calçada como se quisesse lhe pregar uma peça. na porta da César Moreira, aquele cheiro quente e *profundo* dos pães. Margarida olha de relance para as pessoas comendo, conversando, lendo o jornal, de certa forma protegidas pelo ambiente. parece até possível uma padaria reter a manhã que, apenas lá dentro, permanece intocada.

nota o olhar de Camilo acompanhando-a enquanto desce os degraus da matriz. sorri para ele, atravessa o canal de barracas, cumprimenta um e outro vendedor.

— *que cara é essa?*

— (coloca a mão no ombro dele) *não se preocupe. já está tudo bem.*
— (pega as cadeiras na Kombi) *e Laurita?*
— (recebe) *acabei de deixar na escola.*

uma mulher se aproxima da barraca.

— *bom dia!*
— *bom dia. quanto custa o dominó?*

Margarida pede licença.

— *qual deles, madame?*

se afasta.

leva as cadeiras de praia para o seu guarda-sol. Camilo monta sempre um pouco mais para a direita do que ela gostaria, praticamente grudado na barraca de talheres que vende tão pouco que a dona fica sentada a manhã toda e ainda por cima bisbilhota suas consultas, disfarçando mal por trás dos óculos escuros.
Camilo já deixaria tudo montado se as pessoas não achassem que ali era um ponto de descanso. uma época ele deixava e Margarida tinha que dizer *ora, será que podem me dar licença?*, as cadeiras meladas, cheias de farelo, úmidas de suor.

no coreto, uma banda faz a passagem de som. Margarida pega a plaqueta na bolsa e amarra no guarda-sol. ela fica pendendo ali, sempre um pouco desamparada — *leio mãos, leio mãos* —, batendo no ferro toda vez que venta muito.

é quando Margarida escuta, misturado ao teste de microfone, aquele som *agudo*, penetrante. terrivelmente familiar.
Glória adorava tocar gaita quando criança. e não se saía mal, ao menos

(Margarida se senta)

não tão mal para quem estava no começo. e Camilo, que quando jovem teve até uma banda, bem que tentou lhe dar umas dicas, mas Glória fingia não escutar. não escutava ninguém, na verdade. apenas colocava a gaita na boca e balançava os dedos, com pinta de artista. e era. continua sendo, esteja onde estiver.
Margarida abre a bolsa, pega a garrafa térmica. percebe o vento mudado, subitamente mais forte naquela manhã.
vai arranjar uma dessas gaitas para Laura, quem sabe já no seu aniversário, e imagina os dentinhos cintilando de contentes.

faz que não com a cabeça ao ver que na barraca de Camilo a mulher está levando, além do dominó, uma peteca, um peão e um tabuleiro de xadrez. também pudera! com esse charme todo, que ele sempre joga para cima das clientes.

uma vendedora ambulante cujo nome Margarida não consegue lembrar lhe acena com alguma doçura. assoberbada e cheia de sacolas, ela desaparece pela rua da matriz.

ah, por Deus!

se foi isso, se foi o aceno daquela pobre mulher o que umedeceu os olhos de Margarida, bem, ela já pode dizer que se tornou uma dessas senhoras que se compadecem de tudo.

procura seu lencinho na bolsa, assoa o nariz. percebe um rapaz da banda olhando para ela, um rapaz que veste uma camisa de cetim.

ele diz alguma coisa aos outros músicos, desce os degraus do coreto. atravessa o caminho de barracas e se aproxima do guarda-sol.

tem o cabelo agitado por mãos que constantemente levam os fios para trás, o rosto banhado por uma estranha luz. como ele não diz nada, fica apenas ali parado e olhando, Margarida pergunta se pode ajudá-lo.

— senta. quer um café?
— não, não. obrigado.
— infelizmente não tenho outro copo.
— (senta) *não se preocupe.*
— de toda forma, o café ali na César Moreira é excelente.
— vou me lembrar disso.
— *você não é daqui?*
— estou muito longe de casa.
— ah, sim. sei como é.
— a senhora não é de Belva?
— sou e não sou. (sorri) *mas tenho uma filha que. bem, essa é uma longa história.*

o rapaz olha para os amigos no coreto.

— *a música não te atrapalha?*
— não faço atendimento durante o show, seria impossível. (fecha a garrafa) *mas depois é bom.* (guarda na bolsa) *a praça fica cheia.*

ele assente com a cabeça. gira entre os dedos um galho que encontra perto da cadeira. as folhas se arrastam a seus pés.

— *vocês tocam o quê?*
— blues. a senhora gosta?
— *não tenho nada contra.*

o rapaz sorri.

— *quanto é a leitura?*
— *você decide.*
— (surpreso) *achei que a senhora tinha um preço fixo.*
— *faz tempo que prefiro trabalhar assim.*
— (zombeteiro) *passando o chapéu.*
— *vocês já devem ter feito muito isso.*
— (gira o galho) *minha senhora, já fizemos coisas que nem eu acredito, e quando lembro parece que eu era outra pessoa numa outra vida, num lugar bem longe daqui.*

Margarida olha para ele.

— *dá pra ser rápido?*
— *podemos tentar.* (procura na bolsa sua caixa de óculos. esfrega as lentes com uma flanelinha imunda) *me dá sua mão.*
— (solta o galho) *as duas?*
— (pega o vidro de eucalipto, mostra o rótulo) *você tem alergia?*
— (lê) *não.*

ela massageia as palmas.

— *alguma pergunta?*
— *não senhora.*

Margarida ajeita os óculos.

— *quer dizer.*

olha para ele.

— *gostaria de saber se.* (ele sente o tecido gelado da camisa se mover com o vento) *gostaria de saber se algum dia vou viver de música. ganhar dinheiro, sabe? dinheiro de verdade.*

Margarida estuda a palma.

— *Ah, sim. sim, sim.*

ele fica imóvel, como se as linhas fossem fios de cabelo e qualquer gesto pudesse mudar o curso de seu destino.

no entanto, ela diz, e o rapaz treme.

— *se não resolver as pendências com o pai, é provável que a música não aconteça do modo como você gostaria. precisa tirar o pai daqui* (aponta para a cabeça dele) *e daqui* (segura a palma perto do coração do rapaz), *para isso é preciso se aproximar, depois se afastar. mas você inverteu a ordem, fugiu primeiro. desse jeito não vai conseguir ter paz.* (Margarida muda a expressão) *ah!*
— *o quê? o que a senhora viu?*
— *você terá muitos amores. em algum momento será preciso escolher apenas um. e você vai viajar pelo mundo, até que também isso vai te aborrecer. e pronto, aqui estamos no*

que você precisa olhar com cuidado toda vez que pensar no futuro: se não souber viver, se não souber que a vida não é coisa muito grande para ninguém, tudo lhe parecerá pouco, e quando estiver diante de algo verdadeiro estará cego demais para notar.

ela devolve as mãos para o rapaz, que encara Margarida por um instante. depois ele pega a carteira no bolso.

— (entrega as notas) *obrigado*. (volta lentamente pelo canal de barracas)

mão de vaca, ela murmura guardando o dinheiro no sutiã. olha para o céu encoberto, depois para o rapaz que conversa com os outros músicos e desce novamente os degraus do coreto. ele vai até um carro, entra e bate a porta. não liga o motor, fica apenas olhando o vidro embaçado pela poeira e pela chuva. um dos músicos, o de camisa verde, observa Margarida, desconfiado.

mais tarde, quando a música começa, algumas pessoas ainda estão sentadas nos bancos do vereador. uma menininha requebra os quadris para a mãe, que está mais à frente, e diz *vamos*, a alça da sacola marcando seu braço queimado de sol.

o rapaz canta de olhos fechados, quem sabe para ir mais longe. a banda o acompanha, vigorosa, leva a música para cima. quando vem o refrão, ele estende os braços, está no topo, sim, na parte mais alta, e o que era segredo na música agora acabou, agora ela é de todos, e a gaita cresce:

Margarida procura Camilo com os olhos, ele bate palmas sob a barraca, numa expressão de é isso aí, é isso *aí* — apesar dos trovões. e de uma gota e outra que pinga

,

Camilo diz que, se fosse por ele, daria sempre carona a Margarida depois da feira.

— (ela tira o cinto) *não diga bobagens. você sabe que eu adoro caminhar.* (abre a porta da Kombi) *quer entrar um pouco?*
— *hoje não, Marga. vou aproveitar que terminou mais cedo pra dar um pulo no antiquário.*
— (abre o guarda-chuva) *nos vemos amanhã, quando eu te devolver isto.*
— (num tom mais alto) *pode ficar, é seu.*

Margarida fecha a porta da Kombi sob um cheiro que mistura cigarro, perfume e suor. como se no momento apropriado, um guarda-chuva se revelasse um objeto íntimo.

ela procura na bolsa a chave do portão. quando olha para Camilo é por engano, não sabe de onde vem *isto*, mas nunca se deve olhar um rosto depois que a conversa acaba, senão é provável que o veja nu.

ele também olha para ela, mas logo desliza a atenção para as gotas no vidro do carro, que se engolem feito pequenos animais transparentes.

Margarida abre o portão ouvindo as pontadas da chuva na lona.
agora ela acena,
acena até a Kombi *desaparecer*

,

à tarde, quando Laura desce do carro da mãe de Lívia e abre o portão, logo adivinha a presença da avó na casa; é o cheiro dela e o modo que as paredes refletem a luz.

a menina gosta de ter a casa só para si quando a avó está no trabalho, para pular na cama até ouvir o barulho da mola esgarçada e sentir medo do colchão se romper. então ir saltando ao banheiro, se encaixar na quina da pia, se movendo para a frente e para trás até sentir tremor e logo se olhar no espelho para não perder aquilo que parece uma fúria e deixa o olho primeiro vidrado, depois arredio.

sair do banheiro e, baseada na foto da mãe, fazer em voz baixa uma mulher muito linda que sofre arrastando as mãos pela parede do corredor.

voltar ao quarto, escolher uma roupa de avó, enquanto uma *menininha* doente está na cama: parar tudo e afagar a *menininha*, servir remédio na colher e dizer abra a boca, depois dar um beijinho nela e sentir um arrepio, porque cuidar assim de alguém é uma coisa muito boa.

se jogar na cama planejando ralar o joelho, como faria uma queda, e se simplesmente soltasse o corpo no quintal? mas é preciso não ter medo, para que à noite, no banho, a avó soprasse sua pele dizendo pobrezinha.

mas hoje Laura não poderia brincar dessa forma, apesar da vontade que sente. Margarida já está em casa e isso faz morrer qualquer possibilidade de brincar *assim* que *a vó não gosta.* o que ela não entende é que talvez esse seja o único modo de brincar na idade de Laura, quando os movimentos precisam ganhar a força dos esportes, para ainda serem do gosto da infância, ao mesmo tempo que lentamente a abandonam.

Laura avança pelo quintal agora seco, mas quando Margarida chegou em casa tinha chuva até no piso do quarto, o que a fez lembrar da mãe, que mandava ela fechar as janelas muito antes do entardecer. Margarida guardava a ordem para depois, um depois que tocava as margens do esquecimento, e quando chovia assim, inclinado, a água no piso a assustava pelo que ela não tinha feito.

com o caderno das contas aberto, Margarida ergue o rosto para a geladeira e o armário, sem vê-los, quando Laura aparece na porta da cozinha. se encosta no batente com as mãos fechadas como se guardasse um inseto raro que encontrou pelo caminho. mesmo que Laura fosse um amor de menina, algo muito próximo de um incômodo envolve Margarida com um lenço.

    talvez fosse essa devoção de Laura, talvez Margarida quisesse que a neta a adorasse menos. ou que se comportasse mal, não lhe fizesse favores, acima de tudo que não pegasse em sua mão com tamanha confiança. e que jamais se preocupasse com ela, que continuasse a se perder nas horas, mas isso também terminaria. logo, logo a menina ia migrar para o outro lado, e precisaria de um quarto só seu.

    ali olhando para a neta, Margarida percebe que já está acontecendo. está piscando, sim, a luz da infância, e quando houver dinheiro ela vai repartir o quarto. mesmo que não consiga levantar uma parede, pode pendurar no teto um tecido, e à noite elas ainda poderão se ver através da transparência. mas não muito, apenas o suficiente para que possam pegar no sono.

    — *vó,*

Margarida fecha o caderno, se levanta.

— *vó!*

abraça a menina, olhando o próprio reflexo no vidro da janela

,

Laura procura a tesoura em seu estojo, quando se lembra de ter emprestado para Lívia. pergunta se pode pegar a da avó, mas antes que Margarida responda a menina já está a caminho do quarto e, apesar da lição ser apenas de geografia, deixou outros livros abertos sobre a mesa da cozinha, para que a avó veja o tamanho de seus estudos.

— (do fogão, olha a menina quando ela volta) *posso saber onde está a sua?*

Laura senta, arranca a folha do caderno, que treme. *amanhã eu pego com a Lívia*, diz, recortando o mapa, e toda vez que se concentra para fazer algo com as mãos põe um pouco da língua para fora, entre os lábios.

com uma faquinha, Margarida tira toda a pele da batata, fazendo o contorno com cuidado para não romper o círculo. mostra sua *obra* e Laura faz a cara do menino daquele filme, o que foi esquecido no Natal.

a avó coloca as batatas para ferver.

abre a geladeira, pega os dois bifes restantes. apoia na tábua e bate neles com o martelo, de modo que tudo vibra e quase voa ao redor.

amanhã terá que passar na quitanda do seu Júlio, espera que ele não se importe de pendurar a conta por mais alguns dias. poderia ler de novo as mãos da mulher dele, que já lhe disse muitas vezes que se acalma quando tem notícias do futuro.

Margarida aproxima o nariz da carne. parece pegajosa ao passar o sal. lava as mãos, seca. deve ser culpa deste maldito calor.

— *você molhou as plantas?*
— (num tom que parece mentira, apesar de ser verdade) *molhei*.

Margarida puxa do armário uma frigideira bamba, e agora é Laura quem bate de punho fechado no desenho para colá-lo na folha. olhando assim, até que o mapa e o bife têm um formato parecido, *né, vó?*

Margarida espeta as batatas, percebe que lá fora já está escuro.

Laura se levanta,

guarda a tesoura onde a encontrou. confere mais uma vez o mapa, que está bonito de um jeito que a faz olhar para ele toda hora.

— *dá pra pôr a mesa?*

Laura fecha os livros, o caderno — *dá sim, vó* —, carrega a mochila para a sala, a porta da cozinha range com o vento.

quando volta, devolve o vasinho para a mesa. *por que a senhora não coloca umas flores de verdade nisso aqui?* pega os pratos, a garrafa d'água na porta da geladeira. enche o copo, bebe e desliza os dedos pelo vidro — *ficficfic*.

— *põe um pouco de água pra vó também.*

(o telefone toca

toca

toca)

— *mas quem a esta hora?*

a menina deixa o copo na mesa. quando bebe assim, tudo de uma vez, fica com a barriga borbulhando.

— *cadê minha água?!*

mas Laura já está no corredor.

— *alô? sim. ahã* (enrola uma mecha do cabelo) *sim.*

volta à cozinha, se aproxima do fogão.

— *tem um padre no telefone.*
— *um padre?*
— *disse que precisa falar com a senhora.*

— *olha as batatas pra mim.*

mas Margarida demorou tanto para falar alguma coisa que Laura até teve tempo de encontrar

.

.

duas pintas novas na avó,

que desliga a frigideira e vai até a sala secando as mãos no pano de prato. pega o telefone, encosta no ouvido. pressente Laura no corredor observando-a e tenta controlar a respiração antes de dizer alô

,

na frente do portão laranja, está aquele carro com uma tabuleta no topo escrito

t á x i

e uma letra que falha

t x i

depois retorna

t *á* x i

e uma porta que se abre, a detrás:

é Margarida quem desce, são suas pernas, seu tronco, e seu rosto preocupado, para em seguida descer um jovem de vestido negro com algo branco no pescoço que lembra a tabuleta do táxi, mas sem a palavra, apenas um vazio.

encostada na porta da cozinha, a menina se esconde em tudo menos no olho, enquanto o jovem de vestido negro contorna o carro e Margarida destranca o portão.

outro homem desce, engolido pela roupa social. abre o porta-malas, olha para os lados. o jovem de vestido negro leva algumas caixas para dentro da casa.

a luz do poste impede que Laura veja por inteiro a quarta pessoa, que, com a ajuda de Margarida, sai do carro tão lentamente que parece nascer naquele instante; tão pequena e delicada, como se visse o mundo pela primeira vez.

deve ser ela, Laura pensa. rodeada pela luz, só pode ser ela.

o jovem de vestido entrega àquela figura frágil uma bengala, na esperança de facilitar seu caminho até o portão.

o outro homem volta ao carro. desliga o motor do táxi e apoia o cotovelo na janela aberta.

— (Margarida, do quintal) *Laura!*

a menina não responde, apenas observa aquela senhora de rosto secreto recusar a ajuda de Margarida, lhe mostrar a bengala, dizer que conhece o caminho.

talvez a corcunda seja o mais impressionante

— *Laura!*

aquela senhora vem acompanhada por uma carne curva e silenciosa nas costas, parecia carregar em si um vilarejo adormecido. o jovem pergunta se pode levar as caixas para a cozinha.

— (impaciente) *Laura!*

a menina bem que gostaria de responder para a avó, mas a boca foi parar no espanto de ver aquela senhora se movendo em um ritmo muito próprio, que apesar de delicado se impõe.

— *aí está você!*

a menina se assusta.

— *pelo amor de Deus! não me ouviu chamar?*

não podia, nunca pôde com aquele tom.

— *ajude o padre, anda, traga as coisas da bisa para dentro.*

e a bisa não lhe dá nenhum olho, tampouco a avó lhe deu qualquer olho, Laura está invisível ao modo dos animais.

antes de sair para buscar a mãe, Margarida disse *sua bisavó sempre morou nesta casa, foi embora quando você nasceu.*
por quê?
é uma longa história.
e agora ela vai voltar?
ela precisa de nós.
como ela é?

Margarida vestiu o casaco.

não lembro dela, vó.
não tem como lembrar de alguém que você não conheceu.

nem guardar, a menina pensa, olhando a bisa sem conseguir reter sua imagem, quando o padre vem depressa pelo corredor.

perdão, ele diz, e entrega à bisa uns óculos da cor dos pratos em que Laura toma sopa; uns óculos que a bisa encaixa no rosto e que a fazem parecer, de repente, uma superstar.

o padre se volta para as caixas no quintal. deixa

uma
a
uma

no chão da cozinha,

diz para Laura pegar as mais leves, e aponta. *mas pegue por baixo*, avisa, e a menina obedece. as caixas estão vedadas, Laura não consegue ver por dentro. mas algo balança feito pérolas em suas mãos.

quando terminam, o padre bate uma palma na outra para se livrar da poeira, e Margarida pressente a falta que ele fará logo mais, porque no instante em que sair a mãe se espalhará pela casa, e o que pode dizer a ela quando, por fim, estiverem a sós?
a idade não deixa o encontro mais fácil, gera um desconforto pelo que na mãe se tornou desconhecido à filha; mas com paciência se encontra ao menos aquele mesmo ar intransigente e o olho que vigia. Margarida pergunta ao padre como ficará a reforma na casa paroquial.

— *não se preocupe com o dinheiro.*

mas era só o que faltava! nem que quisesse Margarida poderia arcar com aquele prejuízo. o que estava querendo saber, na verdade, é do tempo, quanto tempo a reforma iria durar.

— *será preciso fazer uma avaliação. vou acompanhar a obra de perto, fique tranquila, essa história de cupim assustou a todos nós. a senhora sabia que eles formam colônias embaixo do piso? são silenciosos, e quando não são mais já é tarde.*

(a bisa geme)

— *graças a Deus as madeiras não atingiram Filipa, mas o dano emocional é enorme!*

ele se orgulha
da palavra dano
combinada à palavra emocional.

diz que há
muito trabalho a ser feito na comunidade, que Margarida ainda é uma mulher forte. devia aceitar um emprego, sair daquela vida de cartomante.

— *não sou cartomante, padre, eu leio mãos.*

— *tecnicamente não faz diferença, pois as artes adivinhatórias, os oráculos, como a senhora sabe, não pertencem ao reino de Deus.*

Laura pensa na palavra oráculo, por um triz não a escreve, pegando do estojo de Jordana a caneta de glitter azul.

— *filha, faz o favor, acompanhe o padre até o portão.*

obrigada, Margarida se lembra de dizer. *fiquem com Deus*, ele se despede, e seu vestido negro flutua.

ele sorri para Laura sem olhá-la, o sapato ecoando pelo quintal. quando por fim a menina se move, já é tarde, o padre entrou no carro, que acelera e some na escuridão.

Laura volta à casa.

espera no corredor enquanto Margarida e Filipa entram no quarto e a bisa diz que não veio para ficar.

mas se não veio para ficar, então por que tantas caixas?

encostada na porta do quarto que costumava ser seu, Laura observa a bisa arrastar os pés, parecia usar de tamanha vagareza só para irritá-la.

Margarida pede o travesseiro — *não está aí?*

o dela, eu quero o dela, e a menina vai até a cozinha, alcança reparando na fronha e estende para a avó fazendo uma ponte de tecido.

Margarida troca seu travesseiro pelo da mãe. Laura gela, pois o seu permanece na cama. não, de jeito nenhum vai dormir com a bisa. dorme no quintal, se for preciso, mas não ao lado daquela senhora que antes de se deitar tira os óculos e mantém a cabeça erguida como um lustre. pede um copo d'água, Margarida manda Laura ir buscar na cozinha e a menina entrega fazendo uma ponte agora de vidro.

a bisa põe a mão dentro da própria boca. desencaixa, meu Deus, os dentes. solta no copo e o rosto fica tão murcho que parece um prego, mas debaixo d'água os dentes crescem, se expandem, boiam e dançam

cada vez mais.

OS ANIMAIS QUE NÃO DERAM CERTO

quer que eu levante?, Margarida diz, abrindo os olhos, e Laura faz que não com a cabeça. não quer cansar a avó, tampouco gostaria de estar implorando no meio da noite, mas não consegue fazer outra coisa que não seja uma súplica para ir dormir com ela no sofá.

vá para o seu quarto, Laura! — ora, *não é o meu quarto, nunca mais será MEU!* — a menina sabe que a discussão termina ali. pelo tom, é possível inclusive prever uma avó que amanhã não olhará nos seus olhos, e talvez a menina tenha ido mesmo longe demais. afinal, é importante dormir, dormir e se afastar pelo sono das pessoas que moram na mesma casa.

Laura se põe de pé. imagina a voz de Margarida alcançando-a com mais alguma bronca, ou quem sabe um Deus te abençoe daqueles que perdoam tudo, mas a avó já está de olhos fechados e logo parece adormecer.

agora ela ronca e Laura sente pena daquele sono, se arrepende do quanto ela mesma contribuiu para que ele demorasse a nascer. se pudesse, gastaria seu resto de noite passando óleo de eucalipto no peito da avó, que tinha lhe contado que durante as consultas separava as pessoas em dois grupos: as do óleo de cravo e as do óleo de eucalipto — *mas como a senhora sabe?*

eu simplesmente sei.

eu sou o quê, vó, cravo?

e Margarida fez um *puff, você? você é o sumo do eucalipto.* mas a bisa com certeza é cravo, Laura pensa no corredor.

ia entrar no banheiro, mas se decide pela cozinha, e agora está em meio a móveis que à luz da madrugada parecem encantados por um segredo.

Laura se aproxima de uma das caixas da bisa. tenta puxar o lacre, mas é impossível fazer sem barulho. talvez seja melhor usar uma faca, então ela pega uma na gaveta, afunda na caixa e ela se abre feito uma flor na escuridão.

a menina observa lá dentro, toca os objetos sem compreendê-los: um candelabro, um binóculo, coisas que ela nunca tinha visto. uma caixinha de música, um santo de saia. terço, vela, batom, rádio e uma agulha de crochê que Laura devolve para a caixa quando tem a impressão de ouvir o piso estalar.

mas não era nada, ninguém surge na cozinha e, com olhos pesados de tudo o que viu, a menina percebe que precisa se afastar pelo sono daquela noite tão *incomum*, se não quiser acabar dormindo no chão e ser encontrada de manhã ao lado de uma caixa aberta.

tenta disfarçar o lacre reaproximando as tampas, elas chegam a grudar, mas logo se soltam. se alguém perceber ela dirá que não sabe de nada, que essa deve ter chegado assim.

caminha pelo corredor ouvindo os roncos da avó. eles parecem pedras soltando-se da boca, e porque a menina não tem um brinquedo que lhe faça companhia, antes de entrar no quarto e se deitar ao lado da bisavó,

(que parece inofensiva, ainda menor quando dorme)

Laura decide levar uma pedra consigo, só para garantir

,

é vívida a lembrança de seus passos no tapete vermelho da santa igreja. Filipa se mantinha de pé, depositava hóstia no escuro das bocas, sem jamais exagerar no vinho, em sua fila ele era simbólico. seu rosto concentrado na missão mal distinguia os fiéis um degrau abaixo. depois que recebiam a hóstia, eles se afastavam em silêncio e se ajoelhavam nos tapetinhos de oração.

Filipa deixava o corpo e o sangue de Cristo no altar, fazia o sinal da cruz.

naquela época, suas pernas não conheciam o cansaço. ela rezava um pai--nosso e uma ave-maria, só depois de muitos anos é que ficou difícil se ajoelhar. mas enquanto teve forças ela foi responsável pela comunhão, entregou o corpo e o sangue de Cristo e fez suas orações pedindo primeiro por Margarida, que Deus a perdoasse, em especial por aquele hábito de ler o futuro nas mãos. que vida miserável, de cigana, uma vida de esmolas, isso sim! preferia que ela se envolvesse em qualquer atividade, menos adivinhar o futuro de gente na praça, gente com o coração pesado de medo, de angústia, que toma qualquer palavra por salvação. pois o que a filha devia fazer é mandar esses corações para a igreja, lá sim encontrariam conforto, que o futuro pertence somente a Deus.

    mas não adianta falar. Margarida é teimosa, sempre foi. ficou anos sem ver a filha e ela está igualzinha, só faz o que quer. no táxi, Filipa pediu *fecha essa janela*, e quem disse que Margarida fechou? deixou aquele vidrão aberto no meio da noite, ventando em tudo. quando viu a casa paroquial não demostrou espanto, ficou impassível diante daquela visão que Filipa só de lembrar já sente arrepios, e uma tristeza que é capaz de fazê-la chorar de novo, pois aquela casa é a única que amou. mas está nas mãos de Deus, é Ele quem cuidará do assunto. para Margarida os cupins não significaram nada porque não foi a casa dela que eles puseram abaixo. mas não é só isso. a verdade é que a filha nunca teve medo de mundo, e quem não tem medo de mundo é porque não aprendeu com as próprias perdas. aliás, se Filipa não tivesse colocado grades nas janelas desta casa um pouco depois de seu casamento com o pai de

Margarida, Deus sabe quantos perigos já não teriam entrado aqui.

para piorar, a filha cria uma neta bastarda, mas cada um sabe de si. Filipa não pagaria pelos erros de Margarida, e mesmo distante, sempre fez o Bem a ela. se não fosse Filipa ajudá-la com a casa sem cobrar aluguel, queria ver se Margarida não teria que ter arrumado um emprego normal. e também Camilo, pelo que Filipa sabe, sempre a ajudou. um grande amigo, com a graça de Deus, que com certeza ainda está na vida da filha, caso contrário esta casa não estaria assim com comida na mesa, não. por isso Filipa ora por Camilo, que Deus lhe dê saúde e felicidade, por tudo que ele já fez por Margarida.

não esquece de pedir também por Glória, essa um perigo, sumiu no mundo confiando só na boniteza do corpo que um dia acaba, minha filha, acaba, mas enquanto isso a tal ganha dinheiro fazendo tudo o que o Diabo gosta. pois que o bom Deus a perdoasse, que lhe desse ao menos um pouco de juízo e que perdoasse também a menina, que carrega no sangue toda essa maldição.

depois pede pelo mundo, que não faltasse justiça no mundo, que não faltassem às famílias ao menos um pai e uma mãe — ela que teve pai e teve mãe e que ficou viúva tão cedo, mas Deus sabe o que faz.

enquanto teve saúde, Filipa acompanhou a missa de pé. e ai do padre que improvisasse, por isso gostava tanto de Ângelo, que Deus o tenha, não havia surpresas em sua missa. ele seguia o folheto, e mesmo depois do evangelho sua homilia era equilibrada, embora lhe faltasse um pouco de espírito.

Filipa gostava de pensar que a mesma missa estava sendo celebrada em diversas línguas para diversos povos, isso unia a imagem de Deus. naquela vez que Ângelo teve um mal-estar — o primeiro sinal de sua doença —, ele foi substituído por um padre de Cornélio, e a igreja ficou parecendo, por uma semana e tristemente, um teatro. ainda bem que aquele padre, qual era mesmo o nome dele?, teve a decência de nunca mais voltar.

e agora é a vez de Tenório. ele está fazendo um bom trabalho, mas ainda é um garoto, e as tentações, a vida em si, são sempre maiores quando se é garoto. isso não vale para a irmã Celeste, claro, que é uma freirinha muito jovem, mas que já tem no peito um sábio coração de anciã. foi a irmã Celeste quem ensinou Filipa a rezar também para os inimigos. e a perdoar *incansavelmente*. pena que ela more em Bahia do Sul. mas todas as vezes que veio de visita, com o cesto cheio de oferendas e histórias, foi uma festa. se Filipa fosse freira, seria como a irmã Celeste: brilhante e caridosa, de uma paciência infinita. agora, se fosse padre, seria nos moldes de Ângelo, talvez com um pouco mais de espírito. e não deixaria a missa cair naquele tom lúgubre e até sentimental que Ângelo imprimia toda vez que se lembrava dos mortos. era uma fraqueza dele, afinal um padre precisa lidar particularmente bem com pelo menos dois assuntos: o pecado e a morte, e discorrer sobre eles como se falasse de uma música que sobreviveu ao longo dos séculos.

em especial com a morte, é preciso tocá-la da mesma forma que se toca em uma colcha que é costurada geração após geração, uma colcha que não se esconde nem mesmo de uma criança quando ela entra no quarto da morte, que é escuro e claro, frio e úmido, um quarto com poucos móveis, como este de agora, com uma cama, um armário e alguém que se deita.

Filipa não teria medo da morte como assunto. no sermão, se lembraria dos que se foram, mas sem lamentos, afinal estavam nos braços de Deus. ela teria dado um ótimo padre, sabe disso desde criança. chegou a dizer aos pais, mas eles riram com dentes de uma impossibilidade que àquela altura não alcançou Filipa, pois a única coisa que a separava de seu sonho era a primeira comunhão. ainda teria que esperar um bom tempo até começar seus estudos numa sala roxa — e fria, descobriu mais tarde, a imensidão do teto era Deus personificado em arquitetura.

    quando por fim entrou na catequese, copiava os salmos em um caderno azul de capa mole, e sua emoção ao ouvir os sinos era como o medo que sentia diante das bocas engolindo hóstia sem mastigar; apenas a faziam deslizar pela garganta, com gosto de quê, meu Deus, tão suavemente, os fiéis de volta a seus lugares, mãos em frente ao corpo, joelhos nos tapetinhos de oração. a partir desse momento se recolhiam em sua própria presença, permaneciam algum tempo no escuro, e só mesmo Deus para saber o que pediam. Filipa tentava acompanhar o zunido das preces e o modo como depois da reza as mãos se soltavam, libertadas, isso fazia seus olhos arder, parecia sono, parecia agora mesmo seu corpo deitado no escuro.

    mas houve um acerto de contas, sim, houve o dia em que Filipa procurou o padre e disse que era a mais dedicada das alunas do catecismo, se por acaso ele não podia lhe adiantar a hóstia. *conheço Deus*, se lembra de ter dito, e o padre sorriu aqueles dentes da impossibilidade que dessa vez a alcançara enquanto ele a empurrava para fora sem saber que no futuro ela se tornaria o braço direito de Ângelo, seu sucessor. ah, padre Cícero! que Deus o tenha e o perdoe em Sua infinita misericórdia.

 Filipa puxa o lençol para si. espia o quarto e, pelo que viu, graças a Deus, a filha está cuidando bem da casa, tudo parece igual ao que ela deixou.

 a não ser pela menina que dorme a seu lado, as pernas compridas, do tamanho exato de sua ausência

,

Filipa abre a geladeira. pega o leite, a margarina, olha ao redor.

— *quer ajuda, mãe?*
— *se eu quero ajuda?* (encontra o saco de pão) *parece até que eu não conheço a casa que morei minha vida toda. te criei aqui. ou será que esqueceu?*

Margarida varre a cozinha em silêncio, desviando a vassoura das caixas, o que para Laura, a esta hora da manhã, é um gesto novo. o que a menina não sabe é que a avó não faz isso por causa da sujeira — que Margarida encontra e empurra para o fundo da pá —, e sim para buscar uma imagem que possa dar sentido ao peso da presença tão repentina da mãe.
agora que Filipa está ali, de certa forma Margarida se arrepende de ter ficado tanto tempo sem vê-la. poderia ter ido visitá-la, uma ou duas vezes por mês, e então agora teriam se visto sem se assustarem demais com as mudanças que notassem uma na outra. mas foi Filipa quem partiu quando Margarida mais precisava

dela. e mesmo que tivessem se visto, de que adiantaria? teriam ficado tão quietas quanto estão agora.

antes de comer, Filipa faz uma pequena oração. tira os óculos e desde que Margarida se lembra a mãe faz isso de primeiro agradecer a Deus pela comida, depois tirar os óculos e comer com olhos nus.

Laura, que está sentada ao lado da bisa, olha para as lentes sobre a mesa: são dois minipratos cor de âmbar, perfeitos para alimentar *menininhas* siamesas.

os olhos de Filipa. afundados em camadas de pele, já viram coisas demais. parecem mansos, mas na verdade são olhos de desassossego.

se para Margarida é perturbador ver a mãe depois de tantos anos, para Filipa ver a filha parece desimportante, quase impessoal. se sentia apartada por uma neblina e ali era apenas outro lugar qualquer. o único onde ela se fixa é na angústia de ter perdido a casa paroquial onde morou.

Margarida ainda não teve coragem de encarar a mãe. apenas a entrevê, escuta o ar que sai de seus pulmões. mesmo assim, percebeu que Filipa está mais magra, os bracinhos manchados por pintas de verão. mas os dedos seguem enormes, palmas das mãos grandes, se frequentassem teatros elas seriam o aplauso de dez em um.

então Filipa se levanta da mesa e, por algum motivo, se desequilibra. num gesto automático, Laura segura

a bisa no
Ar.

a bengala se estatela no chão, Margarida solta a vassoura — *Mãe, tudo bem?*
com cabelos que parecem de vapor, Filipa se solta dos braços da menina. diz que não sabe o que lhe deu.
Margarida pega a bengala, os óculos. *vamos deitar um pouco, sim?*
mas ninguém agradece Laura, nem parecia que ela tinha feito aquele movimento incrível que, se fosse num jogo, teria lhe dado um troféu.
Filipa tosse. antes de ir para o quarto, olha *através* da bisneta de modo tão convincente que Laura corre para se olhar no espelho e conferir se ainda está lá

,

Margarida e Laura esperam o carro da mãe de Lívia no portão. está atrasada, a avó pensa, tinha pedido por telefone uma carona também para a ida ao colégio, e agora essa mulher não chega nunca.

a menina olha para a avó. gostaria de saber quando as coisas voltarão a ser como antes, com as duas caminhando até o colégio e tudo mais que faziam juntas, o que, por conta da bisa, agora parece impossível — aliás, o que há com ela? está doente ou apenas está igual à casa de onde veio, em ruínas?

para piorar, um carro com megafone passa, anunciando o circo.

ai, meu Deus.

a avó, que já não estava para brincadeiras, se fecha ainda mais.

é claro que Laura quer ir ao circo. a Jordana já foi — disse que não tem nada demais, *juro* —, a Lívia também, mas ela até que gostou. no entanto sua avó não podia nem ouvir falar do assunto. brincando de confissão, um dia tinha lhe contado que quando jovem fugiu com o circo, *e foi uma coisa boa, porque me trouxe* você. *seu avô era palhaço, um dos melhores que já vi.*

    então por que não posso ir, vó?
    (sem ouvir a neta) *na verdade o melhor.*
    e onde ele está agora?
    não sei.

tirando a avó, a família de Laura na árvore genealógica que um dia a professora desenhou na lousa era feita só de fantasmas: fantasma mãe, fantasma pai, fantasma palhaço-vô, mas pelo menos agora Laura tinha uma bisa. até onde ela sabe era a única, não vale pôr gente morta nos quadradinhos — ou até vale, só que uma bisa viva é muito mais valiosa.

    e se ele estiver no circo de Belva?
    não está.
    posso ir lá ver?
    esqueça.
    mas por quê, vó?
    não temos dinheiro para essas coisas.
    e se eu pedir pra Lívia?
    quer apanhar? chega, hein?

uma brasília aparece na rua, para na frente do portão.

a mãe de Lívia abre a janela. está chupando um dropes de menta, e seu cabelo oxigenado balança com o vento. Margarida agradece a carona, diz que a chegada de Filipa foi sem aviso e dona Clélia responde que está feliz por poder ajudar. não pergunta por que uma mãe idosa morava sozinha numa casa velha, longe do centro, mas lança, sim, um certo *olhar* para Margarida, que irá permanecer na sua cabeça o resto do dia.

agitada, a avó acena para o carro, que buzina para ela em dois toques.

no banco traseiro, Lívia procura as mãos de Laura. ela parece estar com os olhos vermelhos ou o quê?, talvez a amiga tenha tido uma noite tão ruim quanto a dela.

quando chegam ao colégio, Lívia salta do carro, bate a porta e Laura corre para alcançá-la.
ao passarem pelo porteiro, ele pergunta por Margarida — *aconteceu alguma coisa?* aconteceram muitas coisas, e tão depressa que o senhor nem imagina. *ela está bem?*, ele insiste, e Laura diz que sim, claro que sim, e ele levanta as mãos num agradecimento ao céu.

— (Laura cochicha) *é um idiota.*
— (Lívia, no mesmo tom) *não sei por que você perde tempo com ele.*
— *foi ele que me chamou!*
— *você faz tudo igualzinho à sua vó.*
— *não é verdade!*
— *você é muito copiona.*
— *não é verdade, é você que me copia.*
— *é você que me copia.*
— *Você!*

Lívia está in
su
por
tá
vel fazendo isso de, não sei, esconder que brigou com a mãe? ela vai na frente, à procura de Jordana, do NADA se vira e pergunta *como é a sua bisa, afinal?*

Laura ri, *você não tem uma bisa?*, e Lívia explica que a dela morreu faz tempo, que peninha, tá, *mas o que você quer saber?*

— *ela parece a sua avó?*

Laura franze a testa, diz que não tem nada a ver.

— *mas é a mãe dela, não é?*
— *é, mas não tem nada a ver.*
— *nada a ver na cara?*

— no jeito, acho. não sei.
— você dormiu com a bisa?

Laura assente com a cabeça.

— ela fede?
— claro que não!
— então por que ela apareceu só agora?

Laura encolhe os ombros.

— sua vó nunca te falou dela?
— elas são brigadas, acho.
— xiiii…
— que foi?
— quando os adultos brigam é uma merda. meus pais fazem isso direto. agora tá pior, porque minha mãe tá procurando emprego e meu pai chamou ela de vaca. aí ela respondeu que ele era um imprestável, mas acho vaca bem pior.
— sim, bem mais.
— suas avós também brigam pesado?
— não, não é pesado. na verdade, é meio transparente. quer dizer, acho que elas já terminaram de brigar. agora só ficam quietas.
— tipo cada uma num canto?

Laura assente com a cabeça.

— xiiii…
— que foi?

— *é pior do que eu pensava.*
— *por quê?*
— *não fica triste, tá? mas acho que elas se odeiam.*
— *como você sabe?*

Lívia aponta, séria, para a própria cabeça.

— *tá, mas é melhor elas se odiarem do que brigarem, não é? pelo menos fica bom pra dormir.*
— *ai, pra morrer. você sabe até quando sua bisa vai ficar lá?*
— *acho que ela tá doente.*
— *o que ela tem?*
— *ela morava numa casa da igreja, mas aí a casa desmoronou.*
— *em cima dela?*
— *mais ou menos. parece que foi cupim.*

elas fazem uma careta.

— *tua bisa é freira?*
— *não, ela só gosta de Deus. acredita que eu agarrei ela no ar?*
— *como assim?*
— *ela ia cair e eu agarrei ela no ar.*
— *que horror!*
— *não, foi legal.*
— *ai, tenho nojo.*
— *você é besta.*
— *e como sua avó vai fazer?*

— *não sei. tem um padre que é amigo dela.*
— *um padre?*
— *ele foi lá em casa.*
— *como ele é?*
— *meio novo, acho.*
— *quantos anos?*
— *não sei.*
— *ele é bonito?*

as duas riem.

— *imagina beijar um padre.*
— *acho que nem pode.*
— *você já beijou?*
— *um padre?*
— *não, alguém.*

Laura fica em silêncio.

— *você não sabe como faz.*
— *e por acaso você sabe?*
— *descobri outro dia.*
— *como?*
— *vi meu pai beijar.*
— *a sua mãe, né?*
— *você nunca viu duas pessoas se beijando?*
— *claro que vi!*
— *onde, se na tua casa só tem velha?*
— *você é muito idiota.*

elas ficam em silêncio.

— *você não sabe como faz.*
— *eu sei que precisa usar a língua.*
— *quer tentar?*
— *o quê?*
— *ou você tem medo?*
— *para com isso, já vai bater o sinal.*
— *é rapidinho.*
— *aqui não pode.*
— *vamos na pedra do rato.*

elas foram.

olham para os lados para ver se não tem ninguém olhando e começam a se beijar.

Laura põe as mãos na cintura de Lívia, depois desiste e seus braços pendem ao longo do corpo, quem sabe ficando até maiores do que a língua.
Lívia se afasta.

— *você baba muito.*
— *eu, é?*
— *tá com você!*

disparam, e quando o sinal toca, antes de encontrarem Jordana no corredor, Lívia diz *você perdeu*

,

com os pincéis envolvidos em um pano, Camilo vai até a lavanderia. abre a torneira do tanque, passa os dedos entre as cerdas, tingindo a água que escorre feito um cano colorido.

na cozinha, Margarida prepara a sopa, os vapores perfumam a casa, embaçando o vidro da janela.

em cima da mesa, há uma placa recém-pintada, *Leio mãos*, além de cartazes que Camilo espalharia pelo bairro. Margarida não gosta de atender em casa, apesar de já ter feito isso quando Laura era pequena. prefere a impessoalidade da rua, mas por enquanto não pode deixar a mãe sozinha.

Filipa parece mais frágil do que quando chegou. quem sabe tenha começado a absorver o que lhe aconteceu. ou então exagera apenas para fazer a filha se sentir culpada, como Glória talvez se sinta por ter deixado Laura com a avó. será que os abandonos têm o mesmo peso perante Deus? embora Margarida não tenha *abandonado* a mãe — bem, talvez apenas quando fugiu com o circo, logo depois da morte do pai, mas foi a única saída que encontrou para conseguir respirar.

anos mais tarde, foi a mãe quem escolheu partir, porque Glória engravidou e não sabia quem era o pai — ah, não, de novo ela não ia suportar, se continuasse ali se tornaria, em definitivo, cúmplice de uma vida desvairada. como iria frequentar a igreja? se a filha engravidou de um cigano, de um palhaço de circo, e a neta não sabe quem é o pai da criança que está em sua barriga, santo Deus misericordioso, *a palhaça aqui sou eu!*, então, se Glória deixou Laura ainda bebê com Margarida, Filipa escolheu ficar mais perto das coisas que amava e que não eram, nunca foram, sua família: a missa, padre Ângelo e agora esse Tenório, que não passa de um garoto prepotente.

o pior de tudo era a *dívida*, afinal Filipa tinha lhe deixado a casa, nunca havia cobrado aluguel, mas em vez de sentir gratidão esse gesto na verdade a enfurecia, pois era a ele que Margarida devia algo, ele é quem a aprisionava à mãe.

a *dívida* cresce em torno das caixas e Margarida não sabe onde guardar tudo aquilo, nem por quanto tempo ficará guardado, não sabe se deve encontrar uma caçamba e simplesmente despejar tudo lá.

depois voltar para casa e avisar que suas coisas acabaram, mãe, suas coisas agora somos eu e você.

Camilo reaparece na cozinha. coloca um dinheiro debaixo do liquidificador e, com esse gesto generoso, também *aprisiona* Margarida.

— *estou atrapalhando todo o seu trabalho.*
— (enrola os pincéis em um pano) *você, me atrapalhar? esqueça.*
— *o menino ficou na feira?*
— *claro.*
— *ele vai segurar?*
— *ele sempre segura. sabe, andei pensando* (Camilo pega um cigarro), *pra você* (risca um fósforo e puxa o cinzeiro) *vai ser melhor atender em casa, vai te deixar mais tranquila.*
— (olha a bagunça ao redor, ri) *que casa?*
— *é claro que você vai ter que se livrar dessas coisas.*
— *vou deixar tudo empilhado num canto da sala, é o que eu vou fazer.* (se vira para ele) *guarda um pra mim?*
— (separa um cigarro) *naquela época que você atendeu aqui, funcionou, não foi?*
— *eram outros tempos.*
— *e como está a Laurita?*
— *ai, Camilo. nem sei.*

ele solta a fumaça.

— *a noite foi difícil, e ainda não conversamos sobre a minha mãe.*
— *você viu que o circo chegou na cidade?*

Margarida suspira.

— *posso levar a menina, se você quiser.*
— *depois vemos isso com calma.* (desliga o fogo) *está com fome?*
— (passeia o olho bom pela cozinha) *vou pendurar a placa lá fora enquanto te espero.*
— *tem certeza? posso pendurar depois.*
— *faço questão. quem sabe você não arruma uma cliente hoje mesmo?*

Margarida enche o prato e uma membrana de gordura paira por cima da sopa. desvia o olhar, passa por trás de Camilo, a fumaça nubla seus olhos e esquenta seu rosto ainda mais.

para diante da porta do quarto. dá duas batidinhas com o nó dos dedos e hesita ao pensar em tudo que já perdeu dentro de casa apenas por Filipa estar usando a cama e o banheiro, manchando com sua presença o que Margarida pensou um dia ser dela, a ponto de se esquecer de cada objeto e agora se lembrar de todos eles, da maçaneta, do lençol, cada coisa duas vezes seu tamanho, porque a mãe chegou, a mãe voltou, a mãe habita aquela membrana que cresce como um olho de gordura.

Margarida entra no quarto, deixa a sopa na mesinha. abre a janela e se aproxima da mãe. tem a impressão de que Filipa finge dormir apenas para não conversar com ela.

— ei. está na hora de comer. (a mãe permanece deitada) *foi Camilo quem trouxe a carne, não vá fazer desfeita.*

Margarida espera um pouco.

toca em Filipa, que *atua* um bocejo, e vai ajudando a mãe a se levantar da cama.

— (entrega os óculos) *dormiu bem?*

e pela primeira vez, depois de tantos anos, Filipa olha para ela. Margarida sente uma pontada de Deus no estômago e, ao revés de um balão, sua cabeça desce num pedido de desculpas, afinal há de se encontrar esperança no rosto de uma filha, é por isso que se tem filhos, para encontrar o que acaba em si no mais próximo de ser um eu. é um consolo, talvez o único, que ao menos um filho ainda tenha alguma coisa que se possa admirar. mas Margarida não tinha nada, apenas cansaço e vazio. ah, se ela soubesse que os olhos da mãe a encontrariam ali! teria vestido, antes de entrar no quarto, alguma expressão gentil, enquanto Filipa vasculha o rosto envelhecido da filha erguendo entre elas uma terceira *presença*, invisível mas ensurdecedora, feita de tudo o que a vida poderia ter sido e não foi

,

Laura atravessa a umidade das roupas com um caderno debaixo do braço, passa pelo cheiro de sabão fervido e senta lá do outro lado do varal.

quando a professora de português pediu que os alunos do sexto B fizessem uma reportagem, a primeira coisa que lhe veio à cabeça foi a bisa, embora Laura não soubesse como fazer para entrevistá-la.

Jordana disse que ela podia inventar tudo e escrever como se fosse verdade, ou talvez pedir ajuda para a avó, mas ela anda uma chata que responde *não* antes mesmo de ouvir a pergunta.

para ilustrar a reportagem, Laura pensou em fazer um retrato da bisa, mas como teria que pedir a permissão resolveu desenhar coisas dela. era um atalho, a começar pela camisola que Margarida tinha lavado mais cedo e pendurado no varal. a reportagem vai se chamar: *os animais que não deram certo*, e Laura vibra com a ideia, esfrega as mãos sentindo a própria inteligência.

se deita na ardósia, observando a camisola se mover com o vento.

sabe, pelo fluxo das coisas anunciadas, que desenhar existe para dar forma ao que não se vê.

começa pelos fios do varal, azuis e trêmulos. não trouxe lápis de cor nem giz de cera, não gosta de desenhar com esses materiais. tenta colocar no grafite aquela sensação de fim de tarde, além da expectativa alegre de a avó quem sabe vir chamá-la a qualquer momento, por cima das roupas. Laura se sente cada vez mais *importante* quando ergue a cabeça e depois abaixa, diminuindo a distância entre o olho e a mão.

talvez ela possa ser, no futuro, o que chamam de pintora. não de paredes, mas de coisas que ela vê ou imagina.

não leu em lugar nenhum, ninguém lhe disse, mas desenha a camisola como se fosse a única pessoa capaz de fazer isso. há algo no tecido que Laura conhece, algo que ela vislumbra e que só existe em estado duplo de segredo e revelação quando a menina desenha o que vê.

uma sombra nos vincos que o tecido faz lá em cima, perto do pregador, de repente parece não caber em seu lápis. Laura apaga, tenta de novo:

mas não dá, *não cabe*.

com a língua um pouco para fora, entre os lábios, ela se aproxima do varal.

ao olhar a camisola de perto, logo a esquece, pois é surpreendida por uma calcinha que não é sua nem da avó.

o tecido abandonado ao seu próprio peso é branco, menos no lugar onde a calcinha tem aquela sobreposição costurada sempre com alguma selvageria. ali o tecido não é branco, simplesmente não é. ali se vê uma mancha, sim, que é da cor de um leite fervido, e com cheiro de algo que o sabão não consegue apagar

,

de toalha no corredor, Margarida observa a neta, que assiste tevê com o rosto tão perto dos joelhos que parecem três cabeças concentradas, só uma com olhos e boca, as outras vazias e dependentes.

 entra no quarto onde a mãe já dorme, pega o pijama e se veste no escuro. alcança a mantinha para se cobrir no sofá, bate a cintura na gaveta *entreaberta* na qual guardou, além do guarda-chuva, o jornal que Camilo lhe deu e que parece remexido.

 olha para a mãe. Filipa está coberta pelo lençol, perdida na cama de casal por ser, de corpo, tão pequena. seus óculos estão abertos na mesinha, vigiando os dentes dentro d'água.

 com potencial para se tornar uma estrela. Margarida sai, encosta a porta e caminha pelo corredor. senta ao lado da neta, se deixando levar pelas luzes da tevê.

 se contar não fosse perigoso, ela pensa. se não deixasse a neta curiosa demais pela vida. esta noite contaria como o circo do Oberon lotava, vinha gente de todos os cantos para assistir ao espetáculo.

noite após noite, ela ouvia assovios quando despontava no picadeiro e palmas calorosas quando terminava seu número. nunca errou um gesto, aprendeu rápido todos aqueles truques e se sentia viva debaixo dos holofotes, numa vocação que ela não imaginava ter, mas que estava lá, adormecida dentro dela.

Margarida segura essas coisas que gostaria de contar. mesmo que pareça, Laura não é sua amiga, e ainda não pode ouvir tudo. aos filhos e netos, é preciso contar da própria vida conforme a deles desabrocha. é preciso esperar que o passo se alinhe, para que saibam ouvir melhor.

quando o programa acaba, Laura desliga a televisão. olha para a avó e tem vontade de se deitar ao lado dela, dividir a manta, pois Margarida parece maleável e Laura pressente que hoje ela diria sim. acontece que a menina está fazendo uma reportagem, e cada momento ao lado da bisa é uma chance de colher, silenciosamente, alguma informação. não pode desistir, não agora que começou a descobri-la, por isso dá um beijo na testa da avó, se encaminha para o quarto, e Margarida abre os olhos, *sonolenta*

,

Margarida acena para o carro de dona Clélia. a placa que Camilo pendurou ainda não deu resultados, por enquanto a casa só recebeu um telefonema. era do padre Tenório, que aconselhou o descanso, nada de missa aos domingos, até porque a casa paroquial ainda estava daquele modo e ele não queria que Filipa desanimasse.

escuta ao longe o sininho da bicicleta. tranca o portão, se o filho do seu Júlio a vir é capaz de cobrar a conta da quitanda.

atravessa o quintal, apressada, e quando entra na cozinha pega o cigarro e o cinzeiro.

fuma de pé, encostada na pia e, meu Deus, o aniversário de Laura não está chegando?

vai até a folhinha e circula a data para não esquecer.

agora que a mãe está dormindo, pensa que talvez seja um bom momento para dar uma olhada nas caixas dela, quem sabe não tem algo ali para Camilo vender?

se serve de café, pega os óculos.

se aproxima de uma caixa *aberta*, tira lá de dentro um candelabro e o santo Expedito que tantas vezes ela fez de namoradinho de suas bonecas, além de uma agulha de crochê, nossa, ela tinha esquecido que a mãe fazia crochê! sentada no sofá, Glória a seus pés, completamente hipnotizada pela habilidade da avó. sua mãe não deve ter mais paciência para isso. Camilo podia vender todas essas coisas.

se sente na feira de antiguidades, encontrou até um binóculo, ai, mãe, para quê?
ou será que era do papai?
sim,
era do papai.
para ver aquelas corridas de cavalo em que ele adorava apostar.

Margarida coloca tudo na mesa, uma bíblia, um rádio — está funcionando, será? ah não, esse porta-moedas está muito velho. abre o lixo, se desfaz dele.
volta às caixas, puxa dali uma cortina, uma meia, que ela enfia em uma das mãos para ver se está furada, e até um batom — quem diria, hein, mãe? deixa sepa-

rado e mal acredita quando encontra sua
antiga caixinha de música:

ajeita os óculos.
abre e observa
a bailarina de azul se levantar.

quando ia dar corda, escuta a música
tocar sozinha, lentamente, o piano muito cansado. mesmo assim ele continua, e
Margarida não percebe que a mãe a vigia
do corredor. de cabelo amassado, apoiada
na bengala. e com uma sombra no rosto
que parece sorrir

,

felizes com a aula vaga, as meninas chupam dropes ardidos de menta e juram não contar a ninguém o que vão fazer.

cruzam os dedos duas vezes por cima da boca e entram no banheiro mais abandonado da escola, aquele que não tem sabão nem papel. nem espelho. uma menina jogou uma pedra nele e nunca mais penduraram outro no lugar, de modo que na frente da pia há apenas uma brancura de azulejos subindo vertiginosamente para o teto.

na porta das cabines, palavrões escritos com caneta, quase sempre xingando professores, às vezes declarações para outros alunos, além de peitos desenhados que não existiam em nenhuma menina da sexta série além de Jordana. quem sabe tenha sido ela mesma que desenhou, embora seus olhos azul-acinzentados neguem. também havia mensagens com flechas e números de telefone que serviam para trote no orelhão.

no lixo, absorventes abertos e até um teste de gravidez a tia da limpeza já havia encontrado quando se dava ao trabalho de passar por ali.

Lívia comanda a operação, diz para Jordana ficar bem na porta do banheiro.

— *mas eu quero participar!*
— *você vai participar, você vai ficar de GUARDA.*

Jordana cruza os braços, impaciente.

— *tá, você quer fazer de chico? não dá, é nojento.*
— *você é nojenta!*
— *eu não, eu não fico de chico.*
— (Laura dá de ombros) *nem eu.*

— *vocês são ridículas. olha só, preciso trocar o absorvente daqui a pouco.*
— (Lívia puxa Laura) *eca, tá, aguenta aí.*

as duas entram numa cabine, mas o trinco não fecha. experimentam outra, não fecha. tentam a última, giram, também não fecha. decidem, rindo, apoiar as mochilas na porta.

Laura é a primeira a baixar a calça. senta na privada sem tampa, ergue a blusa do uniforme, coloca o cabelo para a frente e segura.

Lívia se posiciona no espaço entre a privada e a parede, alisa as costas da amiga até o início da bunda.

Laura sente algo pulsar, sente um vazio e deixa escorrer umas gotas de xixi.

— *eu não disse? sai que agora é a minha vez.*

obedece. ergue a calça enquanto Lívia executa o movimento inverso.

é mais difícil para Laura caber no espaço entre a privada e a parede. ainda assim ela tenta, vai e vem pelas costas até o início da bunda.

Lívia solta um risinho. de olhos fechados, pede para a amiga descer um pouco mais.

apesar da vergonha, Laura obedece e escuta a própria respiração mudar. se encaixa melhor no espaço, move os dedos para o fundo, e Lívia amolece como se fosse *sua*.

— (Jordana, da porta) *o que vocês estão fazendo aí?!*

tira os dedos. Lívia ergue a calça, elas pegam as mochilas e empurram a porta da cabine, que bate na parede e volta.

— (por cima do sinal da escola) *o que vocês fizeram?*
— (Laura, inquisitiva) *não vai trocar o absorvente?*
— *nhá, nem desceu.*

as meninas correm pelo pátio.

quando chegam à quadra, Jordana diz à professora que elas precisaram passar no banheiro por questões femininas, fazendo aspas com os dedos em *questões femininas*.
com o apito no pescoço, a professora pergunta se mesmo assim elas querem jogar.
Jordana diz que apesar da cólica não gostaria de perder a aula de educação física, Lívia revira os olhos, faz um rabo de cavalo e se enfia num time.
logo as duas estão misturadas às outras alunas, correm, freiam e os tênis fazem aquele barulho acrílico.
a professora apita, algumas meninas reclamam.

— (sem tirar os olhos da quadra) *e você?*
— *prefiro ficar no banco. pode ser, professora?*

apito.

as meninas xingam e mais uma vez
o jogo recomeça

,

Margarida se agacha diante da mãe, tira o chinelo dela. os pés de Filipa, tão altos no peito, parecem a ponto de estourar, e há cicatrizes por toda a canela. assim que mergulham numa bacia de alumínio, Filipa reclama que a água está quente. no entanto, basta um copo para equilibrar a temperatura e os pés ficam mais calmos, se dilatam no fundo da bacia, parecendo carregar, hipnóticos, algo até mesmo dos répteis.

Margarida pega o banquinho e o cortador de unhas, senta diante da mãe. estica uma toalha no colo, tira um pé da água e ele fica tão próximo de seu rosto que naquele momento parece ser a única coisa que existe.

começa pelo dedão. mesmo de molho, a unha não amoleceu.

Margarida empurra os óculos para mais perto dos olhos, por conta do suor, eles escorregam constantemente pelo nariz.

encaixa o cortador, aperta e escuta o

estalo. segue o movimento até a outra ponta da unha, que agora cai e desaparece no tapete.

— *você não vai mais naquela feira de antiguidades?*
— (cautelosa) *vou começar a atender aqui.*
— *aqui?*
— (evita o olhar da mãe) *por enquanto. acho que será melhor.*

conforme os dedos diminuem, os gestos de Margarida se tornam mais lentos. se antes tudo o que existia era o pé, agora é o dedo mindinho, o cortador perto da carne, e a tensão só se desfaz com o estalo da unha que voa.

Margarida desce o pé de Filipa, ouve a sola se arrastar para dentro do chinelo felpudo.

pega o outro, mais pesado não apenas por ser o esquerdo, mas por ter assistido, da água, ao que *aconteceu.*

Margarida começa pelo dedão, como se a natureza lhe impusesse sua ordem. a unha voa, resvala em seu braço e acaba no tapete escuro.

— *o padre ligou, mas a senhora estava dormindo.*
— *quando ele vem me buscar pra missa?*
— *ele disse que por enquanto nada de missa. pediu para a senhora descansar e fazer suas orações aqui.*
— *Aqui?* (alto) *Ai!*
— (assusta) *doeu?* (aperta o sangue do dedinho com a toalha) *perdoa, mãe*

,

a mulher acompanha Margarida pelo quintal. segura uma carteira rente ao peito e diz que viu a placa pela manhã, que ficou com a placa o dia todo na cabeça e que agora à tarde é mais tranquilo, antes de fazer o jantar ela tem um tempo.

— *a consulta demora?*
— *não, não, vamos entrar.*
— (num sorriso) *fico preocupada com o horário.*
— *é assim mesmo.*
— (em tom de aviso) *meu filho chega às cinco.*

entram na cozinha. a mulher estranha o fogo de uma única vela num candelabro e até pediria para apagar, mas não sabe se é para abrir caminhos, se é o caso de abrir caminhos, se aquela consulta é algum tipo de trabalho espiritual.

— *senta, dona.* (se afasta) *vou só dar uma olhadinha na minha mãe.*

a mulher puxa uma cadeira reparando no vasinho de flores de plástico empoeiradas no balcão. escuta o barulho de alguém ligando a tevê.

esperava outro tipo de vidente, com pelo menos as unhas pintadas de vermelho, mas essa senhora que reaparece no corredor não passa de uma mulher comum, uma vizinha dessas que a gente encontra na feira.

Margarida põe os óculos. abre o armário e pega um vidrinho marrom.

— (senta) *não quer beber nada?*
— (nega) *é como eu expliquei pra senhora, não posso me demorar.*
— (mostra o rótulo) *tem alergia a cravo?*
— *não que eu saiba.*
— *pode esticar as mãos.*

Margarida puxa a cadeira para mais perto da mulher. derrama algumas gotas de óleo e esfrega as palmas macias. estuda as linhas por um instante.

— *a senhora é canhota?*
— (arregala os olhos) *por quê?*
— (segura a mão esquerda da mulher) *seu futuro está aqui.*
— (ergue sua mão direita) *e o passado aqui?*

— *isso.*

a mulher observa a palma de suas mãos, ouvindo o barulho da tevê.

— *por acaso a senhora é espírita?*

Margarida levanta os olhos. nega, intrigada, depois concentra-se novamente nas linhas.

— *está vendo alguma coisa?*
— *estou vendo, sim.*
— (apreensiva) *e o que a senhora vê?*
— *um instantinho só, querida.*

a mulher desvia o rosto para sua carteira, pensa no marido. em algumas horas, ele sairia do escritório, afrouxaria a gravata no elevador, sem fazer ideia de onde sua mulher tinha passado a tarde, sem nem imaginar onde ela está agora, à espera do veredicto de uma vidente que, naquela idade, ainda usava cabelo longo, embora, graças a Deus, ele estivesse preso.

— *a senhora também tira cartas?*
— (seca) *não.*

a mulher se ajeita na cadeira. quem dera ter uma das mãos livres para coçar o olho, é como estar na manicure enquanto ela esmalta. pois é isso mesmo que dirá ao marido caso ele pergunte onde você passou a tarde e ela não consiga responder simplesmente em casa, ué, onde mais. então dirá que esteve na manicure, mas vai ter que pintar as unhas antes que ele chegue. ou apenas dizer que dessa vez não passou esmalte e que talvez esteja um pouco triste.

— (grave) *há uma linha nova em sua palma.*
— *uma linha nova?*
— *mais fina que as outras, consegue ver? quase transparente.*

a mulher faz que sim com a cabeça, como se alguém lhe apontasse um coelho nas nuvens. pensa que Margarida pode ser uma charlatona, mas ao menos a consulta não tem um preço fixo, então ela pode oferecer apenas um troco e nunca mais inventar uma coisa dessa de entrar na casa de uma vidente, à espera de quê, afinal?

— *esta linha nova* (corre o dedo por ela) *muda o arranjo de todas as outras. e digo mais.* (analisa a posição) *ela veio para ficar.* (penetrante) *chegou alguém na sua vida recentemente?*

a mulher nega com a cabeça, assustada.

— *pois vai chegar. vai chegar e será um homem.*
— (com espanto) *um homem?*
— (aponta) *é o que diz a palma.*
— *mas quem ele é?*
— *não é um filho, mas tem relação com o seu filho.*
— *com o meu filho?* (subitamente agressiva) *mas o que a senhora está dizendo?*
— *e é melhor abrir espaço para esse homem. viver tudo até o fim.*
— *minha senhora, eu tenho marido!*
— *isso não vai impedir o homem de aparecer.*
— (sem ouvir Margarida) *se deixei a aliança em casa foi apenas para, bem, para facilitar o trabalho da senhora!* (busca as palavras) *mas onde, onde estará esse homem para que eu possa me preparar?*
— *na hora certa ele irá aparecer.*
— *e o que devo fazer quando ele chegar?*
— *ao vê-lo a senhora vai saber.*
— *então quer dizer que terei um amante?*
— *não está claro?*
— *e ele* (baixa a voz) *vai me querer assim mesmo, como sou?*

Laura aparece na porta da cozinha. passa rapidamente por trás da mesa, a mochila batendo nas costas.

Margarida olha a neta de relance. se levanta, enche um copo d'água e estende para a mulher, que bebe de uma vez e pede mais.

— (num soluço) *eu, adúltera?*
— (incomodada com o barulho agora mais alto da tevê) *ainda não. veja, o homem irá aparecer, mas a decisão será sua.*
— *ora!*
— *acha pouco?*

a tarde começa a escurecer.

Margarida estende uma caixa de lencinhos para a mulher, ela agradece. assoa, reservada, o nariz.

quando abre a carteira, entrega tudo o que tem para Margarida, que recebe aquelas notas estranhamente *úmidas*.

— *e esse frio?*

fecha, ansiosa, a janela da cozinha

,

seu Júlio já deve estar quase fechando, mas com certeza vai esperar por ela, Margarida precisa pegar umas coisinhas, arroz, café, leite, pão. segura a gola do casaco antes de atravessar na faixa de pedestres, cruza com um grupo de músicos carregando instrumentos de sopro, um deles entoa uma breve melodia no saxofone, e Margarida sente o cheiro de fritura vindo de uma lanchonete com nome em neon.

fazia tempo que não andava na rua à noite. tinha até esquecido a sensação.

só espera que a mãe não trate Laura com frieza. mas quem sabe, sozinhas, as duas até não conversem um pouco, embora Margarida saiba que o mais provável é que Filipa durma enquanto Laura aguarda sua volta na sala, assistindo tevê. como era bom quando a neta cabia em seu colo e Margarida carregava aquele corpinho até a cama, dormia com ele, ai, que saudade de ser mais cedo na própria vida, saudade de quando o tempo ainda não tinha chegado até aqui.

avista o toldo verde ainda aberto, graças a Deus. *seu Júlio, seu Júlio,* ela chama, mas é o filho dele quem aparece na porta.

— dona Margarida! como vai?
— bem, menino, tudo bem.

ela sobe os degraus. uma lâmpada amarela ilumina o ambiente.

— (dá palmadinhas no rosto dele) *como você está crescido! cadê seu pai?*
— *teve que resolver umas coisas fora da cidade.*
— *fora da cidade, é mesmo?*

o rapaz assente.

— *e de resto tudo bem?*
— *tudo, sim senhora.*

Margarida sorri para ele e fica balançando a cabeça num movimento de galinha. depois se vira para as verduras, abre a sacola, sente aquele cheiro suado das caixas de madeira.
debaixo de sua boina, o rapaz observa Margarida procurar mantimentos. ela esqueceu os óculos, mas não pede ajuda. com paciência encontra o preço do arroz e do café.

— *outro dia passei na frente da casa da senhora.*
— *é mesmo?*
— *sua neta estava regando as plantas.*
— *é uma boa menina.*
— (baixa os olhos) *sim.*
— (se aproxima do caixa) *bem, isto é tudo. e vou acertar o que estou devendo, pode olhar aí na caderneta.*
— *a senhora não precisa se preocupar.*
— *não, não, pode avisar seu pai que acertei tudo.*

o rapaz passa as mercadorias no caixa e devolve para a sacola de feira.

— *ah, e diga para a sua mãe que estou atendendo em casa.*
— *sim senhora.*
— *acho que ela vai gostar de saber.*

ele pega a caderneta e a calculadora. atrás do balcão, há um quadro da Virgem Maria e na prateleira um filtro de barro, garrafas de pinga pela metade e um copo com moedas.

Margarida puxa o dinheiro do bolso. conta as notas e entrega para o rapaz.

— *deixa que eu levo pra senhora.*
— *pare com isso.*

— faço questão.
— (pega a sacola) *pare com isso, rapaz, já disse. só não esquece de avisar sua mãe.*

com os olhos, ele acompanha Margarida descer os degraus. encara o balcão envernizado, em seguida abre a bomboneira. escolhe um chocolate, troca por uma bala. desiste e pega o chocolate de novo, desce os degraus e quase chama Margarida, quase corre atrás dela. e se imagina dizendo a senhora pode levar isto para a sua neta.

Margarida faz o caminho de volta para casa. quando avista a lanchonete com placa de neon, atravessa a rua em direção a ela. olha pelo vidro as mesas com saleiro, azeite, pimenta e — por que não? ainda lhe resta algum dinheiro — decide entrar.

empurra a porta, um garçom está limpando uma mesa. há batatas fritas espalhadas no chão. ao fundo, uma família com pai, mãe e filho está sentada comendo um beirute. o menino de camiseta listrada, preso talvez à própria infância, a mulher com shorts jeans e chinelo, o pai com os olhos vidrados no futebol que passa na tevê, mais ou menos como seu pai ficava diante das corridas de cavalo, enquanto a mãe fazia o jantar e ela brincava no tapete da sala, o mesmo em que Laura está agora, sem saber nem de pai nem de mãe.

    Glória nunca lhe contou quem é o pai de Laura. Margarida também nunca falou muito sobre a temporada que passou no circo. entre elas, os segredos eram sempre respeitados, pois há coisas que ao serem ditas perdem ainda mais volume do que quando existiam apenas no silêncio. há coisas que só não morrem (ou matam) quando mantidas longe das palavras, no escuro.

    Glória teve diversos namorados, era linda — e é. esteja onde estiver, continua sendo a mulher mais linda que alguém se lembra de já ter visto. chegou até mesmo a ganhar dinheiro com sua aparência, dançava em boates com nomes em neon. depois tomava longos banhos, tocando gaita dentro da banheira, como se atuasse em seu próprio filme. já estava grávida quando conheceu um homem que perguntou se ela não gostaria de acompanhá-lo nas viagens que ele fazia pelo mundo. então Laura nasceu, e logo que se recuperou do parto, com o peito ainda cheio de leite, Glória fez uma pequena mala
    e sumiu.

— *a senhora quer o cardápio?*

— *sim.*

ele entrega. Margarida segura aquelas folhas engorduradas, sem enxergar muito bem.

— *uma cerveja, faz favor.*
— (anota) *uma cerveja?*
— (devolve o cardápio) *isso.* (apoia a sacola de feira no balcão)

o garçom se afasta. Margarida procura nos bolsos seu maço de cigarros, no mesmo gesto que seu velho pai devia fazer quando demorava a noite toda para chegar em casa.
mas sem a culpa que Margarida sente agora apenas por estar ali, por fazer parte da vista de uma lanchonete, como se em casa ninguém a esperasse

,

quando a bisa a chama, não é pelo nome, é um gemido o que Laura escuta. se levanta do tapete, se dirige até o quarto. a bisa pede um copo d'água, que a menina vai buscar na cozinha.

observa aquelas mãos que parecem vir de outro mundo contornar o vidro, imensamente, longas e fortes, cobertas por manchas escuras. a bisa devolve o copo vazio e Laura o deixa na pia, com o resto da louça.

quando escuta *onde estão meus óculos?!*, volta depressa ao quarto, olha na cama e no beiral da janela. com uma agitação crescente, vai procurar na sala, no banheiro, e os encontra esquecidos na pia, robustos como se deles pudesse nascer um microscópio, e no entanto mais solitários do que quando estão no rosto da bisa.

Laura observa o modo como a luz do banheiro os envolve, e aquela súbita pausa do objeto em seu uso atrai a menina de um jeito silencioso demais para tentar explicar. mas é bonito, sim, ver as coisas de alguém espalhadas pela casa. dá amor pela pessoa e pela casa. é uma partitura de como a vida se desenrola naquele lugar.

a menina pega os óculos. descruza as hastes e experimenta a umidade do ferro no nariz, enquanto seus olhos pesam para o centro do rosto e ela só consegue ver no espelho um vulto dentro da luz azul.

volta ao quarto.

entrega os óculos e, sem que a bisa peça, alcança a bengala que tem o mesmo brilho da cômoda onde se escorava.

— *me ajuda, anda!*

sim senhora, Laura diz, mesmo que não saiba exatamente o que fazer. a bisa põe os óculos, e um charme involuntário se acende em seu rosto. a menina acompanha não sabe bem para onde aquela senhora que quando vista de perto não parece mais frágil do que qualquer pessoa. no entanto é nítido que o corpo da bisa já desistiu de alguma coisa que os outros agarram e mantêm.

talvez envelhecer seja lidar imensamente com o próprio corpo, com esse estado de presença brutal, à beira do insuportável, um corpo que, de tanto já ter sido visto, agora precisa ser desvisto se os olhos dos outros não quiserem morrer por antecipação.

Laura gostaria de ouvir um segredo da bisa para a sua reportagem. além da calcinha manchada, ela bem que poderia conseguir algumas informações. será que ela odeia mesmo a filha? ou apenas atua, como Laura às vezes faz com as amigas?

serão duas atrizes ali no corredor? ou apenas duas mulheres de uma mesma família separadas pelos anos?

Laura escuta o vento balançar as árvores. a avó deve chegar a qualquer momento, e quando isso acontecer a menina estará livre, não precisará mais se preocupar com a bisa, apesar de que.

ao acompanhá-la pelo corredor.

Laura sente algo mudado. a verdade é que não gostaria de se ver livre dela, isso quase a ofende, porque a bisa agora está dentro, subitamente migrada, e Laura sempre irá se preocupar com ela. agora que estão mais próximas, a bisa parece *sua*.

entram na sala. há uma cortina que não existia antes e que não chega a alcançar o chão. ao lado da tevê há uma bíblia e uma caixinha de música com uma bailarina de azul dentro dela.

Filipa senta no sofá. Laura pega a manta para cobri-la.

— *tira isto daqui!*
— *a senhora não está com frio?*
— *não, não.*

e aponta para a tevê.

— *que canal a senhora quer?*
— *aí, esse aí.*

tão rápido quanto dorme, a bisa se concentra na tela preenchida por cavalos e tiros.

embora haja lugar no sofá, Laura senta no chão. observa o chinelo felpudo da bisa, e o peito do pé tão alto que virou uma réplica da corcunda. a canela é toda marcada, parece cicatriz de queimadura, e são muitas as coisas que ela pode absorver para sua reportagem, quando de repente a menina escuta um som.
olha para cima, pensa ter ouvido uma risada, mas a bisa está tão quieta que não pode ser.
volta sua atenção para as cicatrizes — a bisa gargalha, mas como? se quando olha para ela, Filipa está quieta! — e Margarida surge no corredor.

— *cheguei, mãe.* (para Laura) *ficou tudo bem?*

a menina faz que sim com a cabeça e Margarida se afasta. diz lá da cozinha que só vai terminar umas coisas — apoia a sacola na mesa, pega o sabão e a bucha — e logo as três irão dormir

,

na cama, Filipa pede pela reforma da casa paroquial, que Deus tire de seu ouvido o barulho da madeira desmoronando e, dos olhos, aquela forma de vida absurda que são os cupins. que ela possa se agarrar ao que viveu de melhor na casa, como naquela tarde em que a irmã Celeste veio de Bahia do Sul, trouxe chá, biscoitos e um toca-discos no qual lhe mostrou canções de Violeta Parra.

Filipa foi feliz lá, mais do que na vida pecaminosa que se leva nesta casa, e não só nos dias de hoje, em que Margarida lê mãos na cozinha, e ai de quem passar para pegar um copo, mas desde o casamento de Filipa com Nelson, ele, que quis tantos filhos, teve apenas uma. por isso ele se revoltou, tantas vezes bateu na mulher, a última foi na lavanderia, perto da menina, que pareceu *entender* o que acontecia ali.

Margarida tinha uns cinco anos e Nelson não poderia suportar que sua filhinha sentisse medo dele, logo ela, que usava o santo Expedito como namorado das bonecas porque achava o paizinho dela um santo. Nelson não permitiria que a menina se afastasse dele, não poderia ferir a única pessoa que amava e parou de bater na mulher. na verdade, parou de tocá-la. chegava em casa tarde da noite, com aquele cheiro de camélia impregnado no pescoço, e, quando ele morreu do coração, Filipa se sentiu leve, certamente vingada, de um jeito que enfureceu Margarida, você não o amava, em vez de estar triste você parece até feliz, mãe.

pouco depois, Margarida fugiu com o circo. Filipa rezou para que a filha voltasse — e voltou, no entanto habitada por uma *surpresa* na barriga —, pediu perdão no confessionário por ser uma viúva sem luto.

mas foi padre Ângelo quem lhe disse, que Deus o tenha em Sua infinita bondade, foi ele quem lhe disse que não há pecado onde há justiça. e Filipa, que sempre foi religiosa, viu em Ângelo um professor. Filipa, que sempre amou Cristo, a Virgem e todos os santos, mas sabia de Deus tão pouco, sabia apenas que o Deus que lhe ensinaram jamais perdoaria uma viúva que não chora. já o Deus que Ângelo lhe mostrou cabia em vestidos longos e escuros, mas por dentro o sol, por dentro a liberdade, e quando o velho frei, que ocupava aquela casinha dos fundos da casa do padre, morreu de pneumonia, foi Filipa quem se predispôs a limpar o local. pensou que ele estava reservado para alguém que viria de longe, mas padre Ângelo lhe entregou a chave.

porém ela foi boba, recusou. no entanto, quando Glória surgiu com aquela barriga sem dono, Filipa correu ao confessionário e perguntou se era tarde demais para aceitar a casa que Ângelo lhe oferecera.

para a mudança, precisou apenas de algumas caixas, que levaram seus vestidos escuros, o santo Expedito, a agulha de crochê e a caixinha de música da filha quando criança e sem pecado.

no decorrer dos anos, Filipa viu seus objetos se multiplicarem na casa paroquial — como deveria ter acontecido com os filhos que Nelson desejara — e, em meio a tantas obrigações e desavenças, ela e a filha deixaram de se falar.

a mágoa era grande, e o silêncio é língua materna.

em todos esses anos, Filipa nunca deixou de rezar pela filha, de pedir que ela estivesse bem, e agora que voltou a morar com ela Filipa sente medo — mas de quê?

da maciez, da curiosidade. do desejo de entrar na própria família. se dissolver na discreta ternura que sente, em especial pela menina que dorme a seu lado, mas também pela filha que dorme na sala, e no fundo até pela neta. por onde andará essa moça, meu Deus

,

Tenório mastiga o pão com energia, molha no café, faz aquele som pegado da massa dentro da boca. diz que gostaria de ter vindo antes, mas devido às reuniões com o bispo e com a comunidade, ele mal teve tempo de telefonar. Margarida assente com a cabeça. agradece os pães e a caixinha de legumes, que ela guarda na geladeira. diz que vai acordar Filipa, mas o padre a interrompe, ainda é cedo, *deixe ela descansar.*

— (senta à mesa) *e a reforma, o senhor já sabe quando começa?*

ele apoia a xícara no pires.

teve uma reunião ontem mesmo com a comunidade, que nada mais é do que um pequeno grupo de viúvas que pretende decidir como e quando fazer tudo o que há para ser feito na igreja. o bispo o avisou que se ele piscasse um olho elas se aproveitariam. começam com pequenas sugestões, como fizeram na gestão do padre Ângelo, e quando menos se espera já estão interferindo até nos horários do batismo.

— (baixo) *é possível que demore mais que o esperado. por favor, não diga nada à Filipa.*
— *o senhor me pede para mentir?*
— (amável) *não, não é isso. apenas que sejamos reservados, afinal não queremos preocupá-la.*
— (se levanta) *o senhor quer mais café?*

ele aceita. bebe, pensando que uma solução seria distribuir as viúvas em funções no máximo administrativas. vá lá, que vendam santos na loja dos santos, mas nada que comprometa o andamento da missa, muito menos sua visão de mundo. afinal foi mesmo por conta dela que Tenório chegou tão cedo aonde chegou. com o apoio de fiéis importantes como Filipa, que, segundo o bispo, sempre respeitou a hierarquia da Igreja.

— (para Laura, que aparece de pijama na cozinha) *senta aqui que a vó vai preparar seu leite.* (no ouvido da menina) *ajeita o shortinho, filha.*

Tenório bebe o café observando a menina. é a filha de Glória, dizem, muitos na igreja preocupam-se com ela. mas está sob os cuidados da avó, embora Margarida seja um tanto mística. aliás, pretende falar novamente com ela sobre isso, há muitos trabalhos que precisam ser feitos na igreja. de todo modo, é uma boa mulher, encontrará meios de reverter o que porventura a menina tenha herdado. e agora com Filipa em casa o perigo se reduzirá a praticamente zero, embora muitos temam a volta de Glória, a quem nem se pode chamar de mãe, uma mulher que abandonou um bebê, que teve essa coragem, inclusive a de nunca mais voltar. pois que se mantenha firme na decisão e não volte, e que Deus dê vida longa a Margarida. bem, Filipa está aí para provar que tudo é possível, ela havia sobrevivido a muita coisa, conforme o bispo lhe contara.

de repente é Camilo quem aparece na cozinha, segurando uma sacola da César Moreira.

— (com um sorriso) *o portão estava aberto.* (cumprimenta Tenório). *não sabia que o padre já tinha trazido pão.*
— (Margarida o abraça) *ah, nunca é demais, querido!*

Camilo afaga o cabelo de Laura e Tenório olha em seu relógio de pulso. ainda gostaria de falar com Margarida sobre o emprego, mas não há tempo, precisa voltar à sacristia. pede que, por gentileza, avisem Filipa que ele passou aqui.

— (para Laura) *acompanhe o padre, filha.*
— *não, não se incomode.* (a todos) *fiquem com Deus.*

ele avança pelo quintal. abre o portão e desce a rua da casa à procura de um táxi, mas não encontra nenhum.

segue caminhando, até que mais adiante cruza com um homem de peruca, meias coloridas e dois triângulos riscados a lápis nos olhos. está coberto de purpurina e cumprimenta Tenório com um aceno de cabeça, como se fossem dois iguais.
 quando o farol fecha, o homem se adianta para a faixa de pedestres, e de algum modo que ao padre permanecerá para sempre no escuro, cospe fogo sem se queimar

,

com cuidado, Laura coloca sua reportagem na mochila, pensando que terá a maior nota do sexto B, tem muita chance, ela se dedicou, como a professora pediu, e ainda por cima com a letra deitada no capricho. fora os desenhos que fez dos objetos da bisa, e mesmo que tivesse inventado uma coisinha ou outra não tinha importância, é 10, 10, é a melhor nota do sexto B!

quando Laura se despede da avó e entra no carro de dona Clélia, Lívia está com aquela cara estranha. desde o banheiro, na verdade, que peninha, pois Laura gostaria de mostrar sua reportagem a ela. ainda assim, imaginou que talvez continuassem os experimentos que começaram lá na pedra do rato.

— (dona Clélia para a filha) *você acha que eles vão gostar de mim?* (do espelho retrovisor) *acha?* (para Laura) *a Lívia te contou?*

a menina nega com a cabeça.

— (com o rosto banhado pela luz vermelha do farol) *eu consegui um emprego. um bom emprego, acredita? começo a trabalhar hoje.*

Lívia olha pela janela, emburrada.

— *acho que vai dar tudo certo.* (luz verde) *vocês não acham?*

quando chegam ao colégio, Lívia salta do carro sem olhar para trás. *boa sorte hoje*, Laura diz, mas dona Clélia tampouco olha para trás.

a menina bate a porta do carro. sente vontade de ter alguma coisa por cima da pele que não seja lã, pensa mais em uns óculos escuros que pudessem vestir os braços, então talvez seja a claridade o que a incomoda e não o frio.
alcança Lívia e elas passam pelo porteiro — *como está sua avó? bem, tudo bem* —, as meninas avançam pelo pátio à procura de Jordana.

espiam pelo vidro da sala a professora de português com a mão na fronte, corrigindo redações, e aquela certeza de Laura de que a reportagem no fundo da mochila era 10 simplesmente desapareceu.

passam por rodinhas de alunos, arrastam olhares com elas. *tenho uma coisa para te contar antes que a fofoqueira da Jordana chegue*, Lívia diz e faz um sinal em direção à pedra do rato. andam até lá, Laura não sabe por que não correm, é como se não fizesse mais sentido.

quando chegam, Lívia diz de supetão *beijei o Nicolas.*

— beijou quem?!

na cabeça de Laura, surge lentamente a cara redonda de um imbecil da sala delas, e que ainda por cima tem um bigodinho nojento.

— *quando, se nós estamos sempre juntas?*

Lívia diz que nem sempre elas estão juntas, que ontem, por exemplo, ele foi na casa dela fazer trabalho — põe *aspas* com os dedos na palavra trabalho —, e de repente fica muito difícil olhar para Lívia

'

Camilo conserta o rádio de Filipa, pensando que a pior coisa que pode acontecer a uma mulher, como aquela que cruzou com ele na praça da matriz, é ter olheiras tão profundas, parece a morte, tem que dar um jeito de esconder. tem que passar aquelas coisas que as mulheres passam no rosto e que deixa tudo liso — pó, depois não sei —, tem que passar pelo menos um batom também, ele pensa, e Margarida abre o armário, pega as xícaras.

coloca água no fogo e depois que ferve despeja no café de modo circular, enquanto Camilo conta as novidades da feira, como se um olho ponderasse o que o outro ainda não viu.

reclama do tipo de gente que para na barraca, pergunta o preço de quase tudo e não leva nada, *você sabe como funciona.*

Margarida serve café para Camilo. diz que os curiosos estão por toda a parte, *há muitos que batem aqui e não entram, só querem saber o preço da consulta ou então querem me ver.*

Margarida coloca açúcar no café, mexe.

— *bom, mas pelo menos em casa você não tem gasto.*
— *pois é, não tenho gasto.*
— *extra, eu digo.*
— (depois de beber um gole) *sim.*
— (procura algo na caixa de ferramentas) *olha, tirando os curiosos* (encontra duas pilhas, encaixa no compartimento de mais/menos) *acho melhor você atender aqui.*

uma voz enche a cozinha numa propaganda de leite condensado.

— (animada) *ah, mas eu sei quem vai adorar isso!*
— (bebericando o café) *e você queria jogar fora.*

no centro da mesa estão as flores que Camilo trouxe e Margarida ajeitou no vasinho, *mas onde você arranjou essa beleza* e ele diz, sorridente, *adivinha.*

— *seu Hélio?*

Camilo assente com a cabeça.

— *meu Deus! e como ele está?*

— (tira as pilhas) *cambaleando firmemente* (ri).

— (mais para si mesma) *deve ter envelhecido muito.*

— *disse que o filho voltou.*

Margarida abaixa os olhos. Camilo pinga lubrificante no botão de volume sem se dar conta do que fez.

é um distraído, igual a seu olho distraído, simplesmente não faz por mal.

mas o seu Hélio, meu Deus, o seu Hélio! será que ele parou de beber agora que o filho voltou? Margarida gostaria de ligar para ele, mas nunca foram próximos, na verdade ela nunca foi próxima de ninguém da feira. sabia que boatos sobre ela corriam às suas costas, as pessoas comentavam de suas consultas, se ela lia mesmo a palma das mãos ou se inventava, e às vezes a própria Margarida também não sabia.

prefere imaginar a si mesma como uma espécie de manicure, alguém que cuida de uma coisa que cresce e que, mesmo que ela corte, pinte ou lixe, as unhas continuarão seu caminho até depois da morte.

as pessoas comentavam, inclusive, do seu passado no circo. e ainda falavam de Glória, mesmo depois de tanto tempo. nas férias, quando Laura era menor e Margarida a levava para a feira, todo mundo ficava de olho na menina, comparando, talvez fossem mãe e filha, mas nunca lhe diziam nada diretamente.

— *no que você está pensando?*
— (deixa a xícara) *nada* (coloca a mão no ombro de Camilo) *vou dar uma olhadinha na minha mãe.* (se volta para ele) *deixei seu guarda-chuva ali no corredor, você viu? não esquece de pegar.*

Camilo devolve a pilha ao rádio. testa o botão de volume.

— (desliga) *ficou uma beleza.*
— (Margarida, de longe) *você não existe!*

ele fecha a caixa de ferramentas. quando termina o café, se levanta e aproveita para deixar um dinheiro debaixo do liquidificador.

vai até o quintal. pega seu maço de cigarros, acende com um isqueiro e afunda o rosto ao tragar.
vira a cabeça para o silêncio que faz na cozinha, solta a fumaça, se aproxima do varal.

o cheiro de sabão fervido e umidade não o confunde. logo encontra, entre as toalhas, a *dela*

,

Filipa agradece o rádio que Camilo consertou. ele diz que não foi nada, que, aliás, é muito bom ter Filipa novamente no convívio deles, e que ela não suma mais assim por tantos anos, *sua filha e sua bisneta precisam da senhora*. Margarida abaixa os olhos. Filipa responde que se a filha precisasse mesmo dela a ouviria mais. e teria telefonado, a teria procurado de alguma forma. que, para ela, Margarida também havia desaparecido. *vocês têm que parar de brigar*, Camilo diz, batendo a ponta do guarda-chuva na calçada. dá um beijo na testa de cada uma, entra na Kombi, e Margarida fecha o portão.

quando o telefone toca, é o padre, e Filipa faz um gesto de deixa eu falar com ele um instantinho.

— *alô?*
— *Filipa! como a senhora está?*
— *quero saber por que o senhor não falou comigo quando passou aqui.*
— *não quis acordar a senhora.*
— *da próxima vez acorde, não estou doente.*

que horas o senhor vem me buscar no domingo para a missa?

o padre diz que está assoberbado no domingo, mas que irá buscá-la na semana seguinte. ou quem sabe na outra, pois arrecadar fundos para a reforma não é coisa simples, envolve toda a comunidade, sem contar os compromissos que naturalmente ele já tem. de todo modo, quando Filipa fosse à igreja ele gostaria de ter alguma novidade para lhe mostrar.

— *um pouquinho de paciência é tudo o que eu peço para a senhora.*
— *ah, mas eu tenho paciência, viu, padre, tenho uma paciência de Jó!*
— *eu sei. mas aproveite para descansar, passar um tempo com a sua família. as coisas por aí não estão mal, estão?*
— (mais baixo) *o problema são essas consultas aqui dentro de casa.*
— *vou falar com a Margarida.*
— *faz o favor.*
— *é bom que ela fique em casa para cuidar da senhora e da menina, mas ela pode fazer trabalhos mais dignos.*
— (sem ouvir o padre) *porque se eu falar não adianta, parece que é até pior.*

quando desligam, Filipa se dirige ao quarto, fecha a porta.

pega o santo Expedito na mesinha e pede a ele que a intuição que lhe chega ao peito, dizendo que ela nunca mais voltará à casa paroquial, seja um engano desenhado apenas pela angústia da espera. Tenório tem razão, ela só precisa ter um pouco de paciência. mas que ele deveria ter vindo falar com ela quando passou aqui, ah, isso sim!

— (com desespero) *Mãe!*

Filipa se apoia na bengala. abre a porta do quarto e encontra Margarida no banheiro.

— *que foi?!*

a filha aponta para uma borboleta que está na porta, imóvel como se lhe restasse apenas mais um voo e, segundo a segundo, estivesse decidindo se era hora de lançar-se ao ar ou não.

— (Filipa, com certa graça) *mas ainda isso?*

se aproxima e a pega suavemente pela asa, Margarida foge para a cozinha.

a mãe ri, leva a borboleta até a janela da sala e por entre as grades *solta.*

— (Filipa vai para a cozinha) *pronto,
filha.* (com ternura) *ela já foi*

,

antes que anoiteça, Margarida recolhe as roupas no varal. põe uma a uma nos ombros, mas se distrai com o movimento da cortina, que tenta ultrapassar as grades da janela e ganhar a altura que deseja no quintal.

    leva as roupas para a lavanderia, coloca a camisola de Filipa na tábua. deita o ferro, se lembrando das cicatrizes que a mãe tem na perna porque se queimou passando roupa social do papai. era recém-casada, fez força para tirar os vincos e acabou derrubando o ferro, ela conta. Margarida pensa nas mãos fortes de Filipa em contraste com a leveza de seu cabelo branco de agora, nas costas envergadas, como se o corpo estivesse ao fim de uma pergunta, e em todos os detalhes que a transformam em quem ela é e que não tem outro nome a não ser este mesmo — *Mãe*.

    Margarida levanta o ferro a vapor. sua coluna estrala, as noites no sofá parecem aquelas no beliche do trailer, mas pelo menos no acampamento era possível sentir o cheiro da grama e ver o céu de um azul interrompido constantemente por estrelas.

no outro dia começava tudo de novo — o som estufado das quedas no colchão, o suor dentro dos figurinos, o cheiro da maquiagem. e a alegria das crianças ao adentrarem o circo, ansiosas para assistir não sabiam direito o quê, mas algum adulto tinha garantido a elas que seria algo único naquele grande artifício luminoso que é um espetáculo de circo, tão verdadeiro a seu modo inventado.

se Margarida esticasse as mãos, quase podia tocar naqueles dias em que ter perdido o pai era um acontecimento pelo qual não se podia chorar. *se Nelson se foi é porque Deus o chamou e não se chora a vontade de Deus.*

no jornal que continuou a chegar mesmo depois da morte dele — o jornaleiro jogava por cima do portão e ela corria até o quintal para ler as notícias, achava que devia isso ao pai, que ele tinha lhe ensinado esse gesto derradeiro —, Margarida ficou sabendo que o mágico Oberon procurava uma assistente e que os testes aconteciam todas as manhãs no *endereço tal, que Margarida anotou febrilmente*, sentindo que era sua chance de desaparecer se não de tudo, ao menos daquela vida sem o pai.

foi embora com o circo, o corpo balançando no trailer ao longo da estrada. e hoje sente medo de que Laura tenha o mesmo impulso.

a memória mais vívida desses tempos era da lâmpada amarela no trailer do palhaço que fazia sombra no rosto dele quando surgia aquela outra expressão, a de quando ele não estava no picadeiro. Margarida não teria voltado para casa se o palhaço tivesse lhe perguntado se ela gostaria de partir com ele. então eles estariam para sempre na estrada, mas ele não a chamou, não a quis. não deixou sequer um bilhete, nunca mais a procurou. ele não acreditava no amor, suportava com dificuldade os relacionamentos em que se envolvia, mas gostou de Margarida e tantas vezes se moveu para dentro dela. depois descansou o corpo a seu lado, enquanto a lâmpada espiava aquelas noites longas, aquelas noites breves, com o vento batendo na lona e de vez em quando levando consigo uma e outra cadeira

Margarida leva a pilha de roupas passadas pelo corredor. ouve o barulho da tevê, Filipa assiste a um filme de caubóis. entra no quarto, deixa a pilha na cama. vai até o banheiro, bate e abre a porta, *mas que história é essa de tomar banho no escuro?*

Laura mantém os olhos fechados, imersa na banheira.

com a mão no interruptor, Margarida a observa por um instante, e logo desiste de acender a luz.
vai ao quarto, pega o banquinho. volta e senta ao lado da neta, no escuro.

— (acaricia a cabeça de Laura) *faz tempo que a gente não brinca de confissão.* (tira da gaveta a escova de cabelo) *posso te pentear?*

solta o rabo de cavalo da menina. o cabelo de Laura recai para fora da banheira.

— (barulho das cerdas no couro cabeludo) *quem começa?*
— (ainda de olhos fechados) *a senhora.*
— *não, eu não estou pronta. começa você.*

Laura pensa um pouco.

— *eu vi uma calcinha suja da bisa no varal.*
— (ligeiramente surpresa) *no varal?*
— *com uma mancha. parece o que sai de mim que eu falei pra senhora.*
— *o corrimento?*
— *é.*
— *e como você se sentiu?*
— *não sei. acho que menos sozinha.*
— (deixa a escova de lado, começa a fazer uma trança) *eu te entendo.*
— *sua vez.*
— *minha?*
— *é.*
— (já no fim da trança) *não, é só que. eu estava com saudades da minha mãe.*
— (abre os olhos) *então vocês não se odeiam?*
— *quem disse que a gente se odeia?*
— *a Lívia. mas não liga pra ela, vó, ela é uma idiota.*
— (prende a trança com um elástico) *vocês brigaram?*

a menina fecha os olhos novamente.

— *mas vocês não se odeiam, não é? talvez até queiram, mas simplesmente não conseguem. pelo menos eu acho que foi assim com a minha mãe e eu.*
— *mas vocês conseguiram se odiar, vó.*
— *você acha?*
— *ficaram tanto tempo sem se falar!*
— *mas não foi ódio.*
— *foi o quê, então?*
— *não sei. deve ter sido o silêncio que a gente deixou crescer demais.*
— *vó?*
— *hum.*
— *conta uma história sobre a minha mãe?*

e enquanto Margarida conta que Glória gostava muito de música, e que ao descobrir os filmes queria ir ao cinema toda hora, Laura sente o percurso de uma lágrima, como se fabricasse nos olhos balas de sal

,

depois de acenar para o carro de dona Clélia, Margarida vira a palma de suas mãos e estuda as linhas.

quando ergue os olhos, vê um cão do outro lado da rua. de costelas marcadas e com o sorriso de um louco, ele atravessa entre os carros, encaixa o focinho nas grades do portão laranja.

Margarida se afasta pelo quintal.

retorna com um prato de comida, que empurra para o cachorro. ele faz um som desesperado de língua lambendo feijão.

Margarida entra em casa e vai ao encontro de Filipa, que está vendo o jornal da manhã na tevê. não sabe explicar, mas de repente acha a mãe muito bonita.

— *você sempre gostou deles.*
— *que foi? o que a senhora disse?*
— (olha para a filha) *os cães. você sempre gostou deles. e eles de você.*

Margarida abaixa a cabeça com um sorriso que está também na boca de Filipa. descruza os braços, aproxima as mãos da saia e aperta ali, onde o tecido plissa. acha que se ligar para Camilo e pedir que ele passe na quitanda antes de vir para o jantar não será um incômodo, duvida que ele se importaria. então faz isso, encosta o fone na orelha e gira os números, *atrapalha a tevê da senhora, mãe?*

— *não.*

chamada a cobrar, para aceitá-la continue na linha após a identificação, tudumdum.
Margarida escuta Camilo dizer que já estava saindo de casa, mas que ouviu o telefone tocar e voltou. que tudo bem, é claro que ele passa na quitanda, *mas você viu que deixei um dinheiro debaixo do liquidificador?* já acabou. sim. em três tem mais gasto, é natural, não *se preocupe. o corpo da gente é uma coisa terrível mesmo, toda hora ele precisa comer.*

desliga o telefone.

— *quer alguma coisa, mãe?*
— (com a manta nos joelhos) *Não.*

passa pela cozinha olhando o buquê de Camilo. deixará ali só mais um pouco, para quando ele vier, depois precisa jogar fora. é por isso que prefere flores artificiais, querida Laurita, as flores de verdade não existem sem o cheiro que remete sempre ao fim.

atravessa o quintal. se abaixa, pega o prato. olha por entre as grades a rua deserta.

entra na lavanderia.

deixa o prato no tanque. abre o armário para trocar a esponja, e o que chama sua atenção, além da bonequinha escondida, é uma caixa que ela encontrou quando arrumava espaço para as coisas da mãe.

tira a tampa e vê o vestido branco, imediatamente pensa na neta. Laura pode usá-lo em seu aniversário, é perfeito até no tamanho. talvez seja um pouco grande, mas muito pouco, só precisa de um ajuste, que Margarida terá que fazer de cabeça, o que não será um problema. o mais importante é que o vestido está inteiro, parece até que foram horas e não anos que tinham se passado no tecido.

O IMPULSO

Laura está no pátio quando mãos frias cobrem seus olhos e ela ouve *adivinha quem é*. não se vê no rosto nenhum de seus dentes, embora numa brincadeira como esta sejam eles que costumam se agitar, e num salto de peitos que sobem e descem, Jordana se *revela*; AHÁ, ela diz, ao passo que, de Lívia, Laura sabe apenas do carro e da nota de algumas lições que fizeram juntas.

nem no futebol elas ficam no mesmo time, Laura vê o corpo ágil da amiga correndo na quadra e quando consegue marcá-la dura pouco, pois Lívia sempre dá um jeito de escapar. antes de perdê-la de vista, Laura procura a manchinha no joelho da amiga, que é a prova de que, apesar de tudo, Lívia ainda é a mesma de ontem e será a mesma depois de amanhã.

Laura procurou em si mesma um sinal parecido. Lívia dizia que há em toda pessoa alguma coisa que não muda nunca. Laura ainda não sabe qual é a sua coisa. no fundo, sempre pensou que pudesse ser Lívia, mas agora está ali diante de Jordana e quanto mais ela fala — nesse momento se queixa que a professora de português está demorando demais para soltar a nota da reportagem, que não aguenta essa espera idiota, precisa saber de uma vez se vai ficar de recuperação — mais Laura sente que pode se manter em silêncio, pois Jordana se basta, se entretém com a própria voz. ela é seu novo modo de ficar sozinha, e ao passarem pela pedra do rato Laura sabe *exatamente* o que está acontecendo lá trás.

continua caminhando, tenta prestar atenção no que Jordana diz — *você não faz ideia, ele escala prédios, entendeu? e sabe onde ela mora, então ele vai até a janela do quarto dela, derruba um montão de coisas e ninguém da família escuta NADA! é filme, né, queria ver se fosse de verdade. e o pior, quando ele chega no quarto a menina está maquiada! de pijama e toda maquiada, nossa, sério, é muito ridículo!*

Laura olha para Jordana em busca de algo que pudesse remeter a Lívia, mas percebe que, depois da própria Lívia, é ela quem mais tem a amiga por dentro. Lívia também tem Laura por dentro, se quiser encontrar, e isso é o que mais doía em Laura, pois sente falta do pedaço de si mesma perdido dentro da amiga.

Jordana continua tagarelando. diz que está feliz à beça por agora elas serem em duas, que inclusive elas deviam bolar um plano para proteger a dupla, mas Laura sabe que, se ela decidir falar alguma coisa ou propor uma ideia, Jordana vai topar o que for — vamos desenhar?, e logo ela abria seu estojo com canetas de glitter; e se a gente for pular corda?, e Jordana de bom grado se posicionava; vamos por esse caminho?, e os pés da amiga logo estariam a postos. Laura sente vontade de dizer a ela que não seja assim tão boba.

por outro lado, gosta de ser líder e faz planos de, com o tempo, sentir amor por Jordana e, quem sabe, até maltratar a amiga ao menos um pouquinho, deixá-la triste, só para depois cuidar bem dela.

— (Jordana, animada) *por que não criamos uma senha?*
— (despertando) *uma senha?*
— *é, para entrar na nossa dupla!*

Laura parece surpresa, pensa um pouco.

— *pois eu proponho que a gente crie uma senha!*

se aproxima do ouvido de Jordana. solta lá dentro uma palavra que pinga no

escuro e faz a amiga franzir a testa, mas
quando Laura se afasta, Jordana já está
sorrindo, para selar o pacto elas cospem
nas palmas e apertam-se as mãos

,

Jordana abre as argolas do fichário, pega uma folha, fecha.

escreve:

Posso ir na sua casa fazer trabalho?

estica a folha por cima dos ombros de Laura, que pega discretamente, lê.

responde:

Lá em casa não dá.

devolve sem tirar os olhos da lousa.

Buááá ☹, Jordana escreve. anota embaixo: *Então cada uma faz sua parte e depois agente junta* ☺.

antes de devolver a folha para Laura, recebe outra, arrancada de algum caderno e vinda da carteira de trás. é uma lista das meninas mais gostosas da sala, divididas por partes do corpo que acumulam pontos e somam no resultado. Jordana percorre os itens, numa busca desesperada por seu nome em alguma categoria.

bom, ao menos não é a mais feia. ainda que doa o vazio de não ser nada, de não ver seu nome em lugar nenhum — o que é injusto, seu pai sempre lhe dizia o quanto ela era bonita, todos na família diziam, e ao ver-se no espelho e nas fotos de bebê ela também achava. se estivesse sozinha, com certeza escreveria seu nome em <u>Os melhores olhos</u> e <u>Os melhores peitos</u>.

já ia amassar o papel, quando vê a fila dos meninos fazerem não com a cabeça, não, não, eles imploram baixinho.

muito a contragosto — ou talvez apenas para ser estranhamente fiel a eles —, Jordana estende a lista para Laura, que pega a folha,

lê:

a fila inteira dos meninos olha para ela.

(Lívia também *olha*)

e por um momento Laura tem a impressão de que está sonhando com todos eles.

O que é isso?, escreve para Jordana.

Você foi eleita!!! ♡♡♡

a professora se volta para a classe, Laura coloca depressa a folha embaixo do livro. não vai passar aquela lista adiante, nem quando a professora se virar.

finge não ter se importado com o que leu, finge não ser a primeira vez que alguém lhe diz na escola que ela é bonita. nas férias, quando era menor e tinha que ir à feira de antiguidades com a avó, os adultos tocavam em seu rosto e diziam *ela parece uma bonequinha*. quando chegava em casa, Laura se deitava de bruços para aliviar aquela forte impressão de si mesma.

então é isso, não há mistério: Laura é bonita.

eis por que toda vez que estava com um adulto sentia um desejo estranho de ser vista por ele. então é desse modo também que Jordana se sente. e Lívia. ela é a mais bonita, mas nunca levou sua beleza a sério, pois todas as suas qualidades conviviam sem hierarquia. Lívia nunca se fragmentava, era especial demais para isso. Jordana, sim, era toda quebrada — bonita, alegre, confusa e quebrada —, e essas duas meninas, as mais bonitas que Laura conhecia, simplesmente não estavam na lista.

mas ela estava e finge não se importar. continua acompanhando a lousa e, quando bate o sinal, se levanta, põe a mochila nos ombros e sai da sala com Jordana em seus calcanhares repetindo *você é a mais bonita, dá para acreditar?*

antes de chegarem ao pátio, trombam com Lívia na parte mais escura da escada, sozinha. ela pergunta se pode voltar a andar com elas e Jordana diz *só se você adivinhar a nossa senha.*
Lívia olha para Laura, que está mais atrás e balbucia P A D R E

,

a camisa de manga curta está larga, não cai bem no corpo. os olhos denunciam o quanto o homem bebeu não apenas naquela tarde, mas por toda a vida. um velho trabalhador da terra, é o que se pensa ao vê-lo, no entanto o lugar daquele homem era perto do forno, onde costumava fazer pães lá na César Moreira.

estica suas mãos pesadas assim que Margarida pede, mas seus olhos permanecem alheios, como se estivesse lá apenas para acompanhar alguém.

em nenhum momento ele repara em Margarida, que hoje está de cabelo solto e tem nos lábios o batom que encontrou nas coisas da mãe. o homem nem sequer percebe o cheiro de sopa vindo do fogo — *o senhor tem alergia?* —, nem o óleo de eucalipto nas palmas, e mesmo quando Margarida começa a contar o que vê, ele não tira os olhos da vela.

ainda que falasse de morte, Margarida tem a impressão de que nada despertaria o homem para o próprio futuro — *por que o senhor veio? quer dizer, se não acredita.*

ele a observa por um instante. depois seus olhos se voltam para o fogo, e para lá voltariam mil vezes, como se estivessem diante de um espelho.

não foi nada fácil contar do futuro para alguém que não estava no presente. de toda forma, Margarida leu que ele tinha sido demitido da padaria, e que só conseguiria um novo emprego quando parasse de beber. e que a mulher poderia deixá-lo, mas que o amor nunca o deixaria, o amor que ele tinha por algo feito com massa, alecrim e grãos. disse que alguns clientes da César Moreira tinham percebido que o padeiro mudou, que não era o mesmo, onde estava aquele homem que fazia pães como se escrevesse poemas?

Margarida ainda disse que tocar o coração de todos não é possível, nunca será o mundo quem sentirá a nossa falta. tocar duas ou três pessoas — isso é a vida dos que têm sorte.

ele pagou pelo que ouviu com as poucas notas que tinha no bolso, a sopa continuou a ferver e Margarida o acompanhou até o portão. ficou algum tempo observando aquele homem perdido dentro de sua camisa se afastar lentamente pela rua.

retorna à cozinha, assopra a vela.

vai chamar a mãe no quarto. Filipa olha com desconfiança para o cabelo solto e para o batom nos lábios da filha — *de onde você tirou isso?*

— *das coisas da senhora.*
— *mas isso não é meu!*
— *de quem é, então?*
— *deixa eu ver.*

Margarida bate na porta do banheiro antes de entrar. Laura está no banho, ela sopra um beijinho para a menina e pega o batom.

— *ah! é da Celeste.*
— *quem?*
— *da irmã Celeste.* (balança a cabeça alegremente) *é uma freirinha muito jovem, às vezes ela sente vontade de se maquiar.*

Filipa senta à mesa, tira os óculos. faz uma pequena oração. costuma comer mais cedo, ou na hora certa, *vocês é que não têm horário para nada.*
Margarida desliga o fogo, serve a mãe. a observa comer enquanto fuma de pé, encostada na pia.

Filipa engole com cuidado a cenoura, a batata, a carne, parece até que a dentadura é de vidro. Margarida solta a fumaça ainda pensando naquele homem, o que também é um jeito de começar a esquecê-lo, quando a mãe puxa um longo fio acinzentado da boca e diz:

— *filha*

,

Filipa já está no quarto quando Margarida e Laura sentam à mesa para jantar.

— *como andam as coisas no colégio?*
— *bem.*
— (leva a colher à boca) *alguma novidade?*

a menina faz que não com a cabeça.

— *teu aniversário tá chegando. quer convidar suas amiguinhas pra virem aqui?*

(o telefone toca,

toca

toca)

a avó deixa a colher no prato.

— *alô?*
— *Margarida! como vai?*
— *bem, e o senhor?*
— *tudo certo, com a graça de Deus.*

— *e a reforma?*
— *veja.* (tosse) *fizemos um orçamento e ficará mais caro que o previsto.*
— *oh!*
— *mas não vamos desistir. como está Filipa?*
— *melhor que todos nós.*
— *e a menina?*
— *com saúde, graças a Deus.*
— *que bom, minha filha, que bom. viu, aproveitando o ensejo...*

(Margarida espera)

— *se me permite, gostaria de falar a respeito das suas consultas. a senhora sabe, não sabe? que os caminhos de Deus não se adivinham. a curiosidade não deve ser estimulada, muito menos se tornar um meio de vida. eu já lhe disse que não falta emprego aqui na comunidade, há muitas batinas para serem lava...*
— (interrompe) *preciso desligar.*
— *a senhora ouviu o que eu disse?*
— *estávamos jantando quando o senhor ligou.*
— *não quero atrapalhar, mas será que ficou claro o que eu...*

Margarida deixa o fone fora do gancho, ainda consegue ouvir um fundo de voz, depois nada.

— *quem era, vó?*
— *engano.*

senta diante da sopa mais fria.

ainda estão comendo quando escutam uma interferência de antena vinda do quarto, um passeio por estações.

volver a los diecisiete, después de vivir un siglo

(Filipa aumenta o volume)

es como descifrar signos, sin ser sabido competente, volver a ser de repente, tan frágil cini un segundo

(aumenta)

volver a sentir profundo, como un niño frente a Dios

— *Mãe!*

eso lo que siento yo, en este instante fecundo

Laura ri. Margarida lhe devolve um olhar preocupado, mas o riso vence, *Se va enredando, enredando, como en el muro la hiedra, Y va brotando, brotando, como el mus-*

guito en la piedra, como el musguito en la piedra Ay sí sí sí —, elas gargalham. Margarida seca as lágrimas e Filipa aparece no corredor. Laura se levanta, puxa a avó e elas dão voltas e mais voltas em torno da mesa com os braços esticados, como nos bailes de antigamente. Filipa ri, bate com a bengala no piso, e naquele instante estão lindas, lindas; as três formam uma única imagem, que de tão brilhante parece um brinco, que caiu da orelha de Glória mais à frente, e agora estavam ali. de tão pequenas jamais seriam encontradas

,

Camilo empurra o portão, mas nesta manhã está trancado, de modo que ele bate as palmas e espera.

logo Margarida aparece no corredor, acompanhada por Laura de uniforme, *que lindinha, como vai?*

— (tímida) *bem.*
— (abre as narinas com dramaticidade) *e cheirosa!*
— *ela está com o meu perfume.*
— (ele beija Margarida na testa) *que danadinhas!*

Camilo percebe que Margarida está de cabelo solto, quem sabe ainda não teve tempo de prender, pensa. diz que tentou telefonar, mas como só dava ocupado resolveu passar ali rapidinho antes de ir à feira.

a brasília aparece na rua, liga o pisca-pisca porque a Kombi está na frente do portão. ao volante, dona Clélia gira seu dropes na boca e Camilo olha para ela.

Laura entra no carro, coloca o cinto. dona Clélia buzina para os dois na calçada.

a menina percebe que Lívia cortou o cabelo, mas decide não comentar, pois a amiga parece insegura. já que se reaproximaram há pouco tempo, tem medo de estragar o que ainda é frágil entre elas.
é uma manhã fresca, daquelas que envolvem corpos, casas e até cães com certa expectativa. talvez por isso dona Clélia pise fundo e Lívia abra o vidro do carro. Laura a imita e as duas colocam a cabeça ao vento, mas logo escutam *chega, já chega, meninas, vamos,* e o cabelo de Laura recua num vórtice, o cabelo de dona Clélia esvoaça, e quando o cabelo de Lívia retorna, curtinho e acanhado, Laura não se aguenta e pergunta por que a amiga cortou.

— (dona Clélia, pelo espelho retrovisor) *fui eu que convenci a Lívia. para dar uma mudada porque, nossa, essa menina estava num desânimo!*
— *ele cortou demais, mãe!*

dona Clélia não concorda, diz que as atrizes da tevê mudam de visual direto e nem por isso ficam se lamentando, afinal mesmo com maquiagem, se você olhar bem, um rosto fica sempre igual. o cabelo, sim, muda tudo, o cabelo é o que transforma uma pessoa em outra. Laura observa Lívia com o canto dos olhos, há mesmo alguma coisa nela que não está mais lá. e que faz falta.

no entanto, que saída tem um rosto a não ser sustentar em silêncio escolhas que nunca foram suas?

quando as meninas chegam ao colégio e saltam do carro, Laura diz *nossa, sua mãe sabe de tantas coisas!*

— (num tom confidencial) *é porque agora ela é secretária.*
— *ah!*
— *todo mundo no trabalho AMA ela.*
— *eu sabia!*
— *como?*
— *o cabelo dela tá feliz.*
— (faz um bico) *e o meu triste.*
— *para de ser besta. seus pais estão brigando pesado?*
— *acredita que eles pararam?*
— *jura? minha vó e minha bisa também!*
— *não tente entender os adultos, sério, eles são bizarros.*
— *sim.*
— *sabe qual é a melhor parte?* (se gaba) *agora eu ganho mesada.*
— *mentira.*

— *minha mãe me dá.*
— *não acredito.*
— *TE JURO.*
— *então quer dizer que você pode comprar qualquer coisa?!*

Lívia assente, solene, com a cabeça.

— *caramba, você pode até ir no circo de novo, se quiser!*
— *posso, mas eu guardo tudo.*
— *que idiota, pra quê?*
— *segredo.*
— *conta.*
— *duas sílabas.*
— *não sei. conta!*
— *fu...*
— (Laura pensa. desiste) *conta!*
— *gir. mas só quando eu for mais velha.*
— *igual minha vó?*
— *igual tua mãe, Laura. eu quero sumir.*

quando as meninas passam pelo porteiro, é um milagre que ele não olhe para elas, está conversando com uma mulher que segura um bebê adormecido — *shiiuu!* logo encontram Jordana no pátio, ela chegou mais cedo porque o pai tinha reunião. diz *uou* para o cabelo de Lívia, não exatamente em tom de elogio.

— *mas cada um é cada um.*

logo que bate o sinal, as meninas entram no prédio em direção à aula de artes.

— (o professor para a classe) *bom dia, bom dia!* (para Lívia) *cortou o cabelo?*

a menina revira os olhos e a turma ri.

— (bate palmas) *já chega!*

explica aos alunos que a avaliação de hoje será um autorretrato e, diante do burburinho, ele assovia para pedir silêncio. diz que todos poderão usar o espelho pendurado no armário, podem se observar à vontade. *e lembrem dos autorretratos que estudamos nas aulas.*

— *daquele maluco sem orelha, professor?*
— *isso mesmo, daquele maluco sem orelha. tentem se lembrar das cores que ele usava,* como se estivesse tomado por uma revelação.

parte da turma se levanta e Jordana é a primeira a se postar em frente ao espelho. Laura pega uma folha, espia o Nicolas, que está com uma cara de quem tomou um pé na bunda.

— (Lívia para Laura) *você não vai?*

mas não é no espelho que Laura encontrará o seu retrato.

começa a rabiscar, apaga. levanta a cabeça e mira o vazio.

volta à folha,

depois de um tempo escuta apenas o som do lápis, olha ao redor:

todos estão concentrados, desenhando.

o professor passa pelas mesas com as mãos cruzadas nas costas. em seguida senta, abre um livro, faz anotações.

Laura é a primeira a se levantar. pega a mochila e entrega o desenho.

— *você usou só lápis?*
— (o encara) *sim.*
— *pode ir.*

da porta, Laura olha para Lívia e Jordana e só quando já está no corredor lhe ocorre que talvez tenha feito seu desenho rápido demais. culpa das coisas que a Lívia tinha dito e que deviam ser só da boca para fora, até parece. nem adulta sua amiga teria coragem de fugir, e Laura tropeça

num galho,

cai, mas
logo se levanta, olha para a mão ralada e pensa
ainda bem
que o pátio está vazio.

o professor ainda segura o trabalho de Laura, e a verdade é que a menina está desenhando cada vez melhor. observa a assinatura dela e, na lista de chamada, confirma a ausência do sobrenome de um dos pais. se lembra das vezes em que viu a avó da menina no colégio, muito simpática, de conversa com o porteiro.

aos poucos, os alunos entregam seus trabalhos. quando bate o sinal, ele espera, paciente, que a sala fique vazia.

fecha a porta, vai até a janela. observa, por entre as lâminas da persiana, os alunos mais soltos naquela vida que se desenrola apenas quando estão no pátio.

talvez, ele pensa, seja bom escrever uma carta para a avó de Laura e contar da habilidade que a menina demostra para o desenho. no entanto, se dissesse qualquer coisa, se veria obrigado a dedicar mais tempo à menina. talvez deva, na carta, oferecer algumas aulas particulares. mas de repente isso lhe parece perigoso.

não, ele prefere não ter

aqueles peitinhos se formando diante de seus olhos, não mesmo, é melhor não arriscar

,

na tevê, uma mulher vestida de vermelho desce uma longa escadaria. ela se apoia no corrimão e solta um gemido, como se existir fosse algo entre o prazer e o horror. uma governanta aparece na sala, pergunta se a madame precisa de ajuda. a mulher não responde, apenas sai de casa, batendo a porta atrás de si. a música cresce e Filipa diz *ela vai morrer*.

sem tirar os olhos da tela, Margarida percebe o gesto da mãe de enrolar os dedos quando está se divertindo.

a mulher entra no carro, vira a chave, pisa no acelerador. o jardineiro levanta seu chapéu de palha, coça a cabeça, e outra música começa.

Laura desce da brasília, procura a chave com a mão que não está ralada.

estranha a cozinha escura e busca uma resposta na panela de sopa pronta em cima do fogão desligado, no maço de cigarros da avó e no barulho da tevê que vem da sala.

tira a mochila, encaixa na cadeira. do corredor, vê o tamanco da avó no tapete como dois cães adormecidos depois do almoço. Filipa está com seu chinelo felpudo, e a bengala sempre pronta para se tornar uma terceira perna.

— (Margarida bate no espaço vazio do sofá) *senta aqui com a gente.*
— *não posso, vó, não consigo.*
— (olha para a neta, que levanta a mão) *o que houve?*
— *não vi o galho.*
— *não viu o galho?*

e Filipa ri.

Laura se aproxima da avó, mostra a mão.

— *não foi nada. ralou em outro lugar?*

e naquele momento algo explode na tevê.

— (Filipa, animada) *eu não disse?!*
— (Margarida, com os olhos na tela) *é melhor você ir tomar um banho.*

Laura se afasta pelo corredor.

fecha a porta do banheiro. deixa que a água da torneira escorra pelo machucado, sente prazer ao cutucar a pele.

tira o uniforme.

vê a mancha na calcinha, mas não se assusta, e nem com o seio maior, o bico mais largo e escuro. talvez alguém que mora dentro dela, e que seja Deus, esteja lhe contando que tudo isso de crescer é a vida. acontece com todo mundo e está acontecendo também com ela.

enche a banheira, entra. passa sabonete pelo corpo, esfrega o cabelo e mergulha. o machucado não arde quase nada, não deve ficar nem cicatriz.

quando termina, enrola uma toalha também na cabeça e se sente tendo dois cérebros.

com os pés úmidos, vai até a cozinha e pega um cigarro da avó. entra no quarto, fecha a porta. deita na cama e o gosto do tabaco é o mesmo que morder um saquinho de chá.

pousa a mão machucada na barriga. não arde, foi pouquinho mesmo o que lhe aconteceu. então Laura deseja que da próxima vez algo maior lhe aconteça, tão grande quanto a vontade que Lívia tem de desaparecer.

com o cigarro na boca, Laura imita a foto da mãe, que se arrepende de ter jogado na privada. se lembra especialmente dos brincos, e que a mãe parecia pronta para uma festa. não se lembra mais do rosto de Glória, apenas que era *muito* bonito, do tipo que cala fundo, bem equilibrado, o nariz não era mais importante do que a boca, tudo parecia indispensável, assim como no rosto de Lívia. será que pesa ser alguém especial? por isso a vontade das duas de desaparecer. Lívia estava mais perto do coração de Glória, enquanto Laura continuava sem mãe além da avó, pois não via semelhança em si mesma com dona Clélia, tirando o fato de gostarem muito de Lívia e ficarem tristes toda vez que ela se afastava.

quando Filipa abre a porta do quarto, Laura dá um pulo e a toalha escorrega de seu corpo. ela cospe o cigarro, balbucia que não acendeu, pede *por favor*
    não conta para a minha avó, e Filipa dali
    horrorizada com a nudez da menina

,

de camisola, o caderno de contas fechado no escuro, os dedos tamborilando na testa, Margarida ouve palmas no portão.

vai até o quintal. é uma dessas noites que parecem infinitas porque venta e começa a esfriar.

vislumbra a silhueta de Camilo com sacolas, a Kombi estacionada em frente ao portão. *querido, aconteceu alguma coisa?*

ele puxa uma garrafa de vinho que estava bebendo em casa. só Deus sabe o quanto sua casa em certas noites parece vazia.

— *entra.*
— *elas já estão dormindo?*
— *faz tempo.*

Camilo deixa as compras na cozinha, leva duas cadeiras para o quintal.

Margarida guarda o caderno, se volta para as sacolas de legumes e frutas. não faz ideia de como está seu rosto nessa noite, mas se pudesse tiraria de si ao menos uns vinte anos antes de ir se encontrar com Camilo lá do outro lado do varal.

senta, e ele lhe estende a garrafa de vinho. bebem no gargalo, enquanto o vento move as roupas suavemente.

estão apartados da casa, de certa forma protegidos. Camilo diz que dirigir por aí é um hábito que lhe ajuda quando aquele ruído, aquela coisa apertada no peito está grande demais. e naquela noite estava, por isso ele veio. Margarida sente pena por Camilo não ter uma família, não ter filhos. talvez tenha uma mulher em algum canto da cidade, mas ele nunca lhe disse nada, e ela dá um gole no vinho.

— *como estão as coisas com a sua mãe?*

Margarida suspira.

diz que a presença da mãe, como ele sabe, costumava ser difícil para ela. no entanto, agora que não precisa mais de Filipa da maneira que precisou na juventude, agora que pode fazer coisas pela mãe, almoço, passar e lavar suas roupas, é possível gostar dela do modo que se gosta de alguém que mora na mesma casa, come, vê televisão, quer dizer, é possível gostar pela convivência, distraidamente, a casa conduzindo os corpos não para um amor inalcançável, mas para aquele que sentimos por nós mesmos acima de tudo, pois o cotidiano das pessoas com quem dividimos o teto nos garante que não erramos de vida, que ainda existimos dentro do que somos, que não estamos abandonados ao desconhecido. quando Margarida escuta a mãe rezar, por exemplo, isso a acalma, pois enquanto puder ouvi-la terá uma identidade, não estará sozinha. inclusive gostaria que o padre Tenório viesse buscar Filipa para a missa, sabe o quanto a mãe sente falta.

— *posso levá-la, se você quiser.*
— *não, não é isso. o padre não quer que minha mãe vá por enquanto.*
— *por quê?*
— *não quer decepcioná-la. a reforma ainda nem começou.*
— *meu Deus. mas qual é o problema?*
— *ele diz que não há recursos.*
— *bem, se a Igreja católica não tem recursos...*
— (distante) *pois é.*
— *sua mãe sabe?*
— *eles conversaram por telefone. ela até concordou que é melhor esperar alguma novidade, mas tenho a impressão de que nunca teremos novidade nenhuma, que eles não que-*

rem que minha mãe volte. não o padre, coitado, mas talvez o bispo, e o garoto não sabe como dizer isso à minha mãe.
— então ela vai morar aqui?
— é a casa dela. sou eu que estou morando aqui.
— é sua casa também.

bebem em silêncio.

— sabe, acho que a minha mãe envelheceu com tudo isso. eu mesma envelheci.
— é muita coisa pra você.

ela nega com a cabeça.

— é sério, Marga. (oferece a garrafa) Glória é uma irresponsável, te largou aqui com a filha dela, não te manda dinheiro, nada.
— Camilo.
— nem sabe se vocês estão vivas ou mortas.
— por favor, não quero falar sobre isso. (respira fundo) é ruim sentir raiva. ela é minha filha, não é porque foi embora que deixou de ser.

eles observam as roupas no varal.

— ah, não.
— que foi?
— meu cigarro ficou na cozinha.

— *quer que eu pegue?* (apalpa os bolsos) *acho que deixei o meu na Kombi também.*
— *não, esquece.* (estrala o pescoço) *o sofá está me matando.*
— *quer que eu arrume uma cama pra você?*
— *não posso colocar uma cama no meio da sala.*
— *posso encontrar uma dessas que viram sofá.*

Camilo apoia o vinho na mureta. pede que Margarida se vire. ela joga o cabelo para a frente, fecha os olhos.

— (aperta os nós) *vou encontrar uma cama pra você, olha o estado que está o seu pescoço.*

ela diz que tem que ser um sofá-cama mesmo e ele pergunta se por acaso ela acha que ele não conhece o gosto dela.

— *mas olha, falando sério. tem uma coisa que eu gostaria que você me trouxesse.*
— (pressiona um nó com o polegar) *é só pedir.*
— (vira o rosto para ele) *uma gaita.*
— (surpreso) *você quer tocar?*
— *é pra Laura, quero dar de aniversário. ah, e se você puder ensinar umas musiquinhas! como você fez com a Glória, lembra?*

— *será um prazer.*
— *acho que ela vai se divertir.* (busca o olhar dele) *não acha?*
— (tira o cabelo grudado de suor no rosto dela) *claro que sim*

,

Laura acena para a avó e a brasília desce pela rua. logo param num posto de gasolina. dona Clélia tira o cinto de segurança, desce do carro. *um instantinho só, meninas.*

— (Laura olha para ela lá fora) *que estranho ver sua mãe de pé.*
— (Lívia se aproxima da janela) *por quê? ela é feia?*
— *claro que não! ó, todo mundo fica olhando pra ela.*
— *ela faz de propósito.*
— *o quê?*
— *enfia o jeans na bunda.*

dona Clélia volta para o carro, bate a porta. diz que no caminho da firma não tem nenhum posto, *vocês acreditam?*

quando chegam ao colégio, as meninas saltam do carro e veem outro homem na portaria. estão passando por ele, quando Laura diz *espera.* Lívia abraça Jordana, *reunião do papi, juro.*

Laura para diante do novo porteiro.

— (ele acha graça) *oi.*
— (cerra os olhos) *onde está o outro?*
— (franze a testa) *o outro?*

a professora de português se aproxima e conduz Laura para dentro do colégio.

— *ele era amigo da sua avó, não era? sinto muito.* (para Jordana e Lívia) *bom dia, meninas.*
— (Jordana, animada) *professora, professora, a senhora já tem as notas da reportagem?*
— (se afasta) *nos vemos já.*
— (Jordana para Laura) *que cara é essa?* (para Lívia) *do nada essa cara.*

Laura diz que aconteceu alguma coisa com o porteiro.

— *deve ter morrido, ué, já não era bem velhinho?*
— *pelo menos agora ele não te enche mais o saco. que foi?* (para Jordana) *ela sempre odiou esse cara!*

quando bate o sinal entram no prédio, depois na classe, envolvidas pelo murmurinho da manhã.

Nicolas se aproxima com as mãos no bolso. até olha para Lívia, mas é Jordana quem ele presenteia com um chiclete, que ela desembrulha, lisonjeada, e faz uma bola admirando a figurinha no papel.

Laura abre o caderno, começa a rabiscar suas *criaturas*. a professora de português entra na classe, coloca a pasta em cima da mesa. *bom dia*, diz, e a turma responde em uníssono *bom dia*. na lousa, escreve: *Verbos Transitivos*. do outro lado: *Verbos Intransitivos*, e separa os dois temas com uma linha que arranha a lousa, *argh!*

bate as mãos e se volta para a sala. diz que antes de começar a matéria irá devolver as reportagens.

— (Jordana, em êxtase) FINALMENTE!

porém, quando vê sua nota, suspira e pergunta à Laura quanto ela tirou. a menina mostra, ai, foi péssimo, a professora anotou que não foi reportagem o que ela fez. parecia um estranho poema e ainda não tinha chegado a hora de fazer poemas. mas sobretudo os desenhos estavam "okay".

Jordana agora acha que sua nota não foi tão ruim, escreveu sobre o carro novo do papi, quantos cavalos tinha, e que isso podia fazer com que ela se mudasse para uma escola particular.

todos parecem já ter recebido seu trabalho.

— (Jordana para Lívia) *você não entregou?*
— (ofendida) *é claro que entreguei!*
— (Laura se mete) *ela entregou, sim, não lembra?*

a professora se levanta.

diz que a gramática da turma melhorou e que um trabalho em particular servirá para a aula de hoje sobre verbos e complementos. além de tudo, o texto chamou sua atenção por ter conseguido conectar ideias tão livremente.
ela abre a pasta, pega a reportagem e caminha até o centro do tablado com sua longa saia cor de giz. Lívia se segura na cadeira como se estivesse prestes a decolar.

quando a professora pediu uma reportagem sobre algo que os alunos conheciam, Lívia obedeceu, mas não era para o seu texto ser lido em voz alta, ela escreveu apenas para ganhar nota, e de repente a professora estava começando a ler, e todos na classe escutando. Jordana até esqueceu de esconder o chiclete, masca devagar, prestando atenção. talvez não esteja entendendo tudo, mas desconfia, e repara nas bochechas cada vez mais vermelhas de Laura.

o texto não dá nomes, fala sobre sentir pena. conta sobre alguém muito frágil, que se perde facilmente. o texto. diz sobre emprestar a mãe, quem sabe até mesmo o pai. diz. que os velhos morrem cedo e que avós eram pessoas muito velhas. o texto. diz que bisavós eram tão velhas que podiam ser consideradas mortas. e que dormir com elas era como dormir com o seu próprio futuro. diz. de mães que abandonam filhos, moram em fotos, não voltam nunca mais. o texto. diz do tamanho da pena que sente, diz ai, coitada, ou então coitadinha. e que amizade no fundo é isto, amizade no fundo é ser mais forte que alguém

'

enquanto Margarida atende na cozinha o alfaiate que veio saber do futuro — segundo ele ninguém mais veste terno e quem veste usa sempre o mesmo, sem ajustes —, Filipa rega as plantas no canteiro. essas leituras da filha a incomodam, mas o que há de fazer? no fim, é o *trabalho* dela, e as consultas andam tão raras que dá até pena. quando vem alguém, Margarida coloca depressa o candelabro, acende a vela, se não fosse Camilo, que Deus o proteja e lhe dê em dobro, a bisneta não teria o que comer.

    Filipa se apoia na bengala, que parece a perna fina de um amigo que não se mostra por inteiro, mas que está sempre ali, que poderia ser Deus — nunca numa perna de madeira de carvalho, nessa Filipa nem confiaria, pois sabe que Deus é humilde e Se apresenta em lugares improváveis, como nessa bengala, e até nos cavalos, que, apesar de grandes, nunca levam seus músculos para os olhos, não se comportam como reis.

    com a boca aberta, ela mesma se refrescando só de *ver* a água, Filipa rega as plantas que não estão em sua melhor forma. Margarida conta com a chuva, às vezes pede que a menina regue, e quem disse que Laura se lembra? mas a partir de agora é Filipa quem vai cuidar dessas belezinhas, e com prazer ela regozija as folhas.

de repente percebe que está sendo observada do outro lado do portão.

uma cabeça se abaixa,

é um garoto, o que será que ele quer? parado perto do muro com uma bicicleta, debaixo de uma boina que sempre foi coisa de velho, mas que agora a juventude também quer usar.

ele olha para dentro da casa, será que é um ladrão? um maldito ladrãozinho a essa hora. Filipa larga o regador, se aproxima da grade.

— *ei!* (o garoto olha para ela) *o que há?*

ele acena. atravessa a rua, levando a bicicleta pelo guidão.

tira a boina quando se aproxima, diz que é filho do seu Júlio. *da quitanda*, explica, e Filipa cerra os olhos desconfiada.

— é com Margarida que você quer falar?
— (os dedos enrolam a boina) não.
— o que um garoto como você está fazendo fora do colégio?
— (dá um olhar furtivo para a casa) já terminei os estudos, senhora.

Filipa o examina.

— escuta. já passei por muita coisa nessa vida, perdi uma casa, uma neta, quase perdi minha filha. (ergue a barra do vestido) está vendo estas marcas? (o garoto olha rapidamente para baixo) quando eu tinha mais ou menos a tua idade, meu marido botou fogo em mim. era um santo homem, que Deus o tenha, mas ficava irreconhecível quando sentia raiva. (o garoto permanece imóvel) conheço o mundo, tenho o coração de Deus aqui nos meus olhos e sei quando alguém está com boas intenções e quando não está.
— (gagueja) sim, senhora.
— (Filipa tira os óculos. coloca devagar seus olhos no garoto que nunca tinha visto algo tão nu) escute. você pode ser filho de quem for, mas aqui na minha casa não tem nada pra você, ouviu? (ele sobe na bicicleta) Nada! (começa a pedalar) isso mesmo. (o garoto olha para trás) dá o fora daqui!

seu moleque!, devolve os óculos para o rosto. observa as plantas por um instante, tentando lembrar de mais alguma coisa para dizer. mas não há mais nada, de modo que ela apenas caminha pelo quintal. passa, ofegante, pela sombra das telhas e senta — Deus seja louvado! — na cadeira que Margarida deixou perto do varal. olha para o corredor, as mãos apoiadas na bengala, no mesmo gesto de seu velho pai.

o alfaiate aparece na porta da cozinha, ajeita o paletó que acabou de vestir. olha de relance para Filipa e diz a si mesmo ali está uma velha numa cadeira, uma vassoura e um varal, como se no fundo olhasse para o vazio.

Margarida acompanha o homem e logo acontece aquilo que Filipa mais odeia: a filha se volta para ela com ar apreensivo. os velhos, tal qual as crianças, precisam ser verificados o tempo todo. pois a morte é um anjo que os sobrevoa constantemente

,

o jantar atrasou porque Margarida teve que se esconder na lavanderia, para realizar aqueles ajustes no vestido de Laura. mas Filipa não se aborrece. senta para comer com a filha e a bisneta, tira os óculos, faz sua pequena oração numa leveza que ninguém alcança.

Margarida observa o arranhão de Laura já cicatrizado e aqueles olhinhos tão distantes quanto os olhos de uma menina conseguem ser.

no rádio, o locutor conta uma história que nenhuma das três escuta. no momento em que ele ri a ponto de quase engasgar, Margarida se levanta.

— (desliga o rádio) *tem dias que é só barulho.*

antes de sentar novamente, pega a mão de Laura e beija como se fosse um noivo. a menina espera a avó terminar aquilo para voltar a comer.

— *vai chamar suas amiguinhas para o seu aniversário?*

Laura faz que não com a cabeça.

— *nem a Lívia?*
— *esquece a Lívia, vó.*
— *como assim, esquece?*

a menina faz um gesto como se mandasse tudo à merda.

— (Margarida pega em seu braço) *está acontecendo alguma coisa?*
— (se solta) *me deixa em paz!*
— *olha como você fala comigo, hein, mocinha!*

elas jantam em silêncio.

— (com preocupação) *tem certeza que não aconteceu nada? pode falar com a vó.*
— (a encara) *aconteceu, sim. aquele seu amiguinho porteiro MORREU.*
— *amiguinho porteiro? que amiguinho portei...*

Laura percebe a expressão da avó mudar.

— (Margarida se levanta) *você está falando do Wilson? meu Deus.* (se apoia na pia) *quando?*
— *lê aí nas suas mãos.*
— (Filipa, firme) *não fale assim com a sua avó!* (tosse)

Margarida entrega um copo d'água à mãe.

— (depois de beber) *quem é Wilson?*

— (para a neta) *Ei! vai largar seu prato aqui?*

a menina volta.

— *tá pensando que eu sou o quê?*

tem vontade de puxar o cabelo da neta, mas se controla, fecha as mãos, se afasta,
 enquanto Laura tira a louça e joga na pia, só quer terminar aquilo bem rápido, se deitar na cama, cobrir a cabeça e acordar amanhã tão sufocada que não poderá ir à escola nem a lugar nenhum

,

a rua está deserta a não ser por dois passarinhos bicando algo que entregam um ao outro e que depois tiram um do outro. segundos antes de a Kombi ficar irreversivelmente próxima, eles voam, com seus olhos escuros de adrenalina.

    Camilo desliga o motor. sai do carro e vai até a mala que viu perto do lixo. avalia o estado do couro, que recai sobre si mesmo ao modo solitário das coisas vazias.

    abre a Kombi, enrosca a mala junto aos brinquedos e outras encomendas. busca o pequeno embrulho que tinha deixado fácil ontem à noite, mas parece que o pacote se perdeu. por fim o encontra, ali está, pega também o maço de cigarros e fecha o carro. bate palmas no portão. qualquer hora, precisa instalar uma campainha nessa casa.

    Margarida aparece no quintal, avança pela sombra das telhas.

    Camilo percebe que ela está maquiada, desde garoto sente uma pena terrível das mulheres que ainda se pintam naquela idade. é como pendurar um violão no peito de quem não toca.

os olhos de Margarida se fecham para o beijo estalado, de bochechas. quando voltam a se abrir, ela faz um gesto que Camilo entende. ele esconde o pacote no cós da calça. pergunta, curioso, se Margarida vai para algum lugar.

— *não, claro que não. por quê?*

você está toda arrumada, ele ia comentar, mas nesse momento vê os pés descalços e as pernas compridas de Laura ainda de pijama, com um livro no colo, sentada na mureta do quintal.

— *olha quem chegou, filha.*

Laura não se move.

— *não vai cumprimentar o Camilo?*
— *deixa ela, Marga, ela está estudando.*
— (obedece a avó) *oi.*

Camilo diz olá sem sorrir.

desculpe, Margarida sussurra quando entram na cozinha. *ela tá assim desde ontem.* pede o pacote, esconde na gaveta, Camilo pergunta se de resto tudo bem.

ela se volta para ele com um semblante preocupado. diz que as consultas estão cada vez mais raras, ela não sabe o que fazer.

Camilo pega a carteira no bolso, deixa umas notas debaixo do liquidificador. Margarida serve o café e diz que está pensando em aceitar o emprego de lavadeira que o padre lhe ofereceu. se entristece quando ouve Camilo dizer que é uma boa ideia, gostaria que ele tivesse dito que aquilo era um absurdo. mais do que isso, uma violência contra a vocação dela.

— (ele puxa um cigarro do bolso, traz o cinzeiro para si) *pelo menos ajuda nas contas, ainda mais agora que sua mãe veio morar aqui.*

Margarida não sabe
se trancou o portão.

pede licença, se afasta de Camilo, depois se afasta de Laura, que continua estudando toda torta na mureta e

seria tão fácil, aliás
seria até mesmo silencioso

fugir,

mas logo se arrepende — o que ela estava querendo? Tranca o portão e entra em casa.

— (ao ver Margarida voltar) *e Filipa?*
— (absorta) *dormindo.* (senta à mesa)
— *você não vai comer?*
— (sorri para ele) *mais tarde.*

quando o telefone toca, ela se levanta como se ele pudesse salvá-la. vai até a sala, atende e ouve dona Clélia explicar que a filha acordou com gripe. *sinto muito*, Margarida escuta a si mesma dizer. em seguida: *melhoras para a menina.*

volta pelo corredor.

gostaria de pedir que Camilo ficasse na casa com sua mãe, para ela levar a neta na escola, como costumava fazer. se Filipa acordar, ele poderia ligar o rádio, servir um café, enquanto Margarida e Laura seguiriam caminhando, quem sabe elas mal percebessem a escola ficando para trás. nem ela nem Laura diriam nada, apenas seguiriam o impulso de ir em frente, passariam pela farmácia e pelo açougue até desembocarem numa rua de terra e mais nada as prender no brilho diluído das cidades que ficam para trás. mas quando contou a Camilo que a carona de

Laura havia adoecido, ele disse que poderia deixar a menina na escola, era o mesmo caminho da feira.

— (depois de uma pausa) *obrigada*.

Margarida vai até a porta, chama a neta.

prepara um pão, ferve o leite. a menina senta à mesa e Camilo pisca o olho bom para ela.

— *estudou bastante?*
— *mais ou menos.*
— *qual matéria você mais gosta?*

Margarida serve a neta.

— *não venha me dizer que é educação física.*

Laura nega, diz que talvez seja artes, Margarida vai buscar o livro de História, que tinha ficado na mureta. coloca dentro da mochila, junto com o sanduíche e a garrafa de groselha.

volta à cozinha, avisa que Lívia não irá ao colégio.

— *mas hoje tem prova!*
— *ela está doente. Camilo vai te levar.*
— *e na volta?*
— *na volta você pede para aquela outra amiga te trazer. já acabou? não fica aí enrolando, vamos, Camilo precisa trabalhar.*
— (bebe o leite) *eca!* (com raiva) *tá com nata, vó!*

se levanta e vai cuspir aquele nojo no ralo do banheiro

,

Camilo abre a Kombi, tira a mochila das costas de Laura e coloca por cima de uma caixa de encomendas. acena para Margarida, mas antes mesmo de ele entrar no carro ela já se afasta pelo corredor.

Laura se acomoda no banco da frente, coloca o cinto. quando Camilo vira a chave, a menina sente na sola dos pés o motor tremer.

no painel, há uma flanela dobrada e o para-brisa é um óculos, de tão perto que fica dos olhos. é bem diferente do carro da dona Clélia, onde Laura senta lá trás, o vidro distante como uma vitrine de confeitaria. não se lembra de ter entrado na Kombi outras vezes, talvez com a avó, quando era pequena, e o couro envelhecido do banco, com rasgos que cospem espumas, tem o cheiro de alguma coisa que ficou muito tempo no sol.

Camilo afunda a mão direita no bolso da calça, puxa um vidrinho marrom.

— (espirra na boca) *quer?*
— *o que é isso?*

— *mel com própolis. experimenta. mas tem que espirrar lá no fundo, isso. não é bom?*
— (faz uma careta) *tem gosto de dor de garganta.*

Camilo ri. pergunta se ela pode pôr o vidrinho no bolso da calça dele e ergue o quadril.

nas lombadas, a Kombi parece se desmontar toda, mas Laura não se vira para ver o que há nos bancos de trás. não se interessa mais por brinquedos, e é melhor deixar isso claro, para que Camilo não a presenteie com algum. ela escuta o balanço das mercadorias e alguma coisa que lembra o som de uma garrafa rolando para lá e para cá.

hoje você vai chegar mais cedo, ele diz, e Laura assente com a cabeça. talvez possa revisar a matéria da prova enquanto Jordana não chega.

— *sua avó disse que você anda meio desanimada.*
— *não estou desanimada.*
— *bem, mas parece.*

a menina olha as ruas com a cabeça na janela.

— *por que você tá fazendo este caminho?*
— *é um atalho. você sabe o que é um atalho?*

ela diz que sabe, sim. no entanto, esse caminho parece o oposto de um atalho, parece uma trilha, e Laura começa a desconhecer o que vê.

— *liga o rádio pra mim?*

ela gira o botão. seus dedos são iguais aos de Glória, ele pensa. delicados, mas firmes, e a menina volta a se encostar no banco.

— (por cima da voz do locutor) *aposto que você está desanimada porque não gosta de dormir com a bisa.*

Laura olha para ele. responde que isso era mais no começo, agora até gosta de dormir com ela, mas às vezes esquece que ela está ali.

— *e como você dorme?*
— *como eu durmo?*
— *com que roupa.*
— *de pijama, ué.*
— *curtinho igual aquele da mureta?* (move a mão por dentro da calça)

e Laura sente uma eletricidade, que derrete seus pensamentos.

— acho que a escola ainda não deve estar aberta. que tal a gente esperar um pouco?

Camilo desliga a Kombi, como se aquela manhã não pertencesse a hora nenhuma

,

a professora de História cumprimenta o novo porteiro. seu sapato ecoa com certo orgulho quando adentra o prédio que ainda cheira a desinfetante. aquele silêncio logo se desintegrará na batida de um sinal feito a explosão de uma estrela, mas por hora ele transforma cada sala de aula em todas as salas de quem já estudou neste mundo.

amansa os passos assim que vê a placa no fundo do corredor com o aviso de cuidado para não cair. os banheiros com ar de novos apenas porque finalmente estão limpos, e até a sala dos professores cheira a novidade, a janela ainda sem marcas de dedo no vidro, tudo maravilhosamente em seu começo intocado quando a professora entra na sala que leva o nome de seu ofício.

em seguida chega a tia da limpeza, trazendo a garrafa térmica. abre um armário, alcança o pote de açúcar, as colherinhas, os copos transparentes.

a professora pendura a bolsa no cabide, tira o casaco. sente a meia-calça lhe subir as pernas com um tipo de volume elétrico.

quando a tia sai é um alívio, pois uma presença àquela hora, se durar muito, pode abrir o dia todo de uma vez.

pega um copinho plástico. pressiona o esforço sempre terrível de uma garrafa térmica, se ela está cheia ao menos é mais baixo, muito pior quando o café está acabando naquele som de algo que suga insistentemente o vazio.
veste outro copo no copo, acrescenta uma colher de açúcar. mexe, assopra e vai até a janela. o professor de artes entra na sala e diz bom-dia, depositando seus livros na mesa.

bom dia, ela responde com atraso, e triste, porque acabou seu momento de solidão.

se mantém de costas para o professor, observa o pátio pela janela. assopra mais um pouco o café e tem a impressão de que ele é um olho escuro em estado líquido, um olho negro dissolvido que nos acorda, um terceiro olho que nos ergue e nos torna subitamente altivos.

os alunos começam a chegar.

quando a estrela explode, a professora pisa no pedal do lixo e a tampa reflete seu rosto, que ela não vê. joga os copinhos, pega o casaco e a bolsa.

Laura corre para o portão do colégio. escuta o novo porteiro lhe dizer que está de olho nos atrasos.

— *certo, mocinha?*

a menina entra, agitada.

ele fecha o portão, agora em definitivo.

a professora avança pelo corredor. espera que seus alunos façam uma boa prova
e que no fundo tudo isso possa dar a eles
uma boa vida

,

Jordana promete contar tudo o que aconteceu, mas pede segredo, *você jura?* e antes que Laura possa balançar a cabeça dizendo que sim, Jordana conta que o Nicolas meio que a agarrou e ela meio que deixou, *até porque ele é bem gatinho. e não é mais o namorado da Lívia. aliás, onde se meteu essa piranha?*

olha, eu não me importo de pegar baba se for de amiga, e do jeito que a gente tá se beijando acho que logo ele vai me pedir em namoro. você não se importa, né? porque daí vamos passar BEM menos tempo juntas. você acredita que ele pediu pra ver meus peitos? ficou implorando, quase chorou, juro, e Laura a interrompe, pergunta se ela tem um elástico.

Jordana enfia a mão no bolso e volta com um cheio de glitter. Laura puxa o cabelo para cima, faz um coque, não quer nada raspando nas costas já não basta a sensação de alguém em seu ouvido, e Jordana diz que ela devia usar esse penteado mais vezes, *você ficou linda, aliás você é linda, na verdade a mais linda, lembra?*

mas, olha, preciso te contar uma coisa sobre aquela lista, uma coisa que os meninos falaram.

era falsa.

falsa, entendeu? por isso eu não estava lá. mas não se preocupa, eles não te acham feia, mas você reparou que a Lívia também não estava? tipo, que as meninas mais bonitas não estavam e só VOCÊ estava?

então, aquilo foi um plano. os meninos te acham esquisita e eles queriam ver se você melhora, entendeu? eles sabem que você tem potencial. mas eles acham, isto foi o Nicolas que me contou, eles te acham meio masculina — e Jordana faz aspas com os dedos na palavra masculina.

de jeito, porque de corpo eles te acham gostosa. na verdade eles estão querendo te incentivar, entendeu? ver se você dá uma melhorada, porque daí tem muita chance de você estar comigo e com a Lívia na lista verdadeira. juro, foi o Nicolas que me disse, ele acredita MUITO no seu potencial. apostaria até dinheiro, se precisasse. eu também apostaria. acho você linda linda linda quando se arruma, né, porque quando fica com essa cara, puta merda. não tô dizendo isso para te magoar, viu?

Jordana coloca os braços em volta do pescoço da amiga. *eu te amo, vai ficar tudo bem. como você foi na prova?*

Laura encolhe os ombros.

achei fácil. dá pra tirar uns 8 pelo menos. e a vagabunda da Lívia, hein, que resolveu fal-

tar bem hoje? aliás, me conta, você ficou brava com aquela reportagem nojenta que ela fez sobre você? se falassem mal da minha avó daquele jeito, eu ia dar um soco, juro. e a professora foi muito idiota, né, não percebeu nada, pensou só na GRAMÁTICA do texto. ainda bem que a minha avó tá mortinha. mas imagina se falassem do meu pai daquele jeito? você devia ficar um mês sem olhar na cara dela. posso te dar carona, de boa, aliás você chegou meio atrasada hoje, né? reparei na sala, porque antes eu tava ocupada, rá rá. foi sua avó quem te trouxe?

— *uhum.*
— *se quiser, te dou carona na ida e na volta, de boa, vou falar com meu papi, tá?*

as meninas caminham juntas, o braço de Jordana enroscado no pescoço de Laura.

a certa altura se separam e Laura redistribui o peso da mochila. Nicolas chega do nada por trás, pega Jordana pela cintura, diz alguma coisa em seu ouvido e corre para a pedra do rato. Jordana segue para lá um pouquinho depois, para disfarçar. está oleosa de felicidade, e Laura aproveita a ausência dela para ir se sentar num banco, obedecendo àquela necessidade de compressão. toma pela primeira vez a groselha e sente o coque no alto da cabeça como um disco voador.

passa o resto da manhã se sentindo um recorte que não foi terminado, balança o corpo ao vento, à espera de que alguém se aproxime para lhe cortar o que falta.

na volta do colégio, no carro de volante tão novo que até estufa, no banco da frente Jordana tagarela com o pai.

no banco de trás, Laura coloca as mãos dentro da calça
e o pai de Jordana olha para ela pelo retrovisor.

quando Laura desce do carro, ele diz *não quero mais saber de você andando com essa menina.*

ouviu? e pisa no acelerador

,

com a dentadura na boca, o sorriso feito um bloco de gelo, Filipa quis saber das quatro e muitíssimo distintas senhoras ali sentadas na mesa da cozinha *mas de quem vocês estão falando, afinal?*

— da Nena, não se lembra dela?

a Nena! claro, claro, e as senhoras riem com seus vestidos negros, os olhos cada vez mais murchos feito rosas esquecidas em um dia quente.

o padre tira os alimentos da sacola. diante das viúvas, parece reduzido a um jovem seminarista, ainda que algo em seus movimentos conserve se não uma autoridade, ao menos certa obstinação, e quando Filipa solta uma gargalhada, Tenório olha para ela, estremecido.

ela está muito bem, ele pensa. no entanto, talvez ainda não seja o momento de contar que a casinha dela no fundo da casa paroquial foi demolida para aumentar a horta. ele pediu segredo às viúvas, elas juraram, e o bispo se ofereceu para dar ele mesmo a notícia, mas o ideal seria Tenório resolver isso. e ele vai resolver. mas não hoje, por Deus, não hoje, que Filipa está tão bem. talvez durante a semana telefone para dizer que não foi uma decisão dele, mas de toda a comunidade, e que são tempos difíceis inclusive para a santa Igreja.

quando Margarida aparece na cozinha, as viúvas se abanam, agitadas. estavam dizendo à Filipa que, por conta do aniversário dos santos, a igreja anda abarrotada de gente em busca de milagres ocasionais.

— *católicos mequetrefes...*
— *são uns desonestos!*
— *mas Deus é mais, Deus é o senhor de todas as coisas.*

e a mesa da cozinha repleta de ovos, farinha, cenoura, leite, pão.

Margarida se aproxima de Tenório.

— (à meia-voz) *obrigada.*
— *não precisa agradecer, filha.*

filha, ah, não fale assim, o senhor é tão novo, e depois de uma pausa Margarida diz *padre* e sem desviar a atenção das sacolas ele responde *sim.*

— *o senhor tinha dito de um trabalho de lavadeira. ainda está disponível?*
— (olha para ela) *claro, é claro que está disponível, posso trazer tudo hoje mesmo!*
— (melancólica) *hoje mesmo?*
— (faz planos) *posso trazer sabão e bacia.*
— *bacia eu tenho.*
— *das grandes?*
— (aérea) *não, não é grande.*
— (satisfeito) *trarei uma de alumínio.* (coloca a mão no ombro de Margarida, que abaixa os olhos e percebe Laura na porta da cozinha)
— (Filipa, alegre) *padre, quando é que nós vamos na missa, hein?*
— (olha para as viúvas) *em breve.*
— (a mais velha) *deixa passar o alvoroço.*
— (a mais alta) *que alvoroço?!*
— (pisca) *esse aí dos santos, eu não disse?*
— (Margarida abraça a neta) *olha quanta coisa o padre trouxe pra vó fazer seu bolo de aniversário!*

e Filipa diz: *essas são Valquíria, Valda, Vicenta e Valéria.*

as viúvas observam a menina, e Valéria, que ainda é jovem, observa mais demoradamente.

Filipa está perguntando se alguém tem notícias da irmã Celeste, quando alguma coisa se choca contra o vidro da janela, como um soco. Tenório então se dá conta de que é ele quem deve correr para o quintal. e corre. quando retorna, é com um ligeiro sorriso que diz, olhando para cada uma daquelas mulheres, ciente de que é o único capaz de explicar o que aconteceu. diz que não foi nada, nada, apenas um passarinho se confundiu. mas não havia sangue e, por Deus, quem poderia culpá-lo com um vidro assim tão limpo

,

Margarida vê o próprio vulto na bacia de alumínio, enche com água e sabão. esfrega o tecido de corte fechado, denso como nas roupas de fantasia, e deixa de molho encardindo a água, para mais tarde caprichar no colarinho.

tira o avental, reconhecendo ter a discrição necessária para lavar a roupa dos outros. é um trabalho que convoca a mesma postura da quiromancia, que é saber algo íntimo de uma pessoa desconhecida e ficar à parte, não se envolver com o que viu. não permitir que a intimidade dos outros, os segredos dos outros, perturbem os seus.

Margarida seca as mãos, apaga a luz da lavanderia.

se lembra de quando pedia à mãe que lavasse com mais cuidado sua regata favorita. Filipa costumava colocar muita força, a ponto de quase rasgar o tecido, como se a filha fosse suja. então Margarida se lembra da torneira que naquele dia ficou aberta, afogando a regata, até Filipa conseguir se levantar.

por que a mãe tinha caído?

as pernas do pai, em calça social. antes de cair. a mãe disse: *Nelson*. sim, ela disse Nelson, e uma borboleta no azulejo atraiu o olhar de Margarida,

    a torneira jorrou
    e jorrou
    até Filipa conseguir se levantar.

quantos anos Margarida tinha? era mais baixa que este tanque.

nunca se lembrou disso — estava guardado num lugar muito escuro —, tenta resgatar outras vezes que aconteceu, mas aquela é a única de que se lembra, e a parte mais vívida é a borboleta repousada no azulejo, a torneira jorrando
    e jorrando
    até a mãe conseguir se levantar

,

a luz da manhã adentra o quarto e desemboca na corcunda da bisa que ainda dorme. Laura escuta o silêncio que faz na casa. quando a porta abrir, terá início uma nova idade, que, embora já comece ali na cama, só vai desabrochar se a avó vier ao seu encontro, para lhe dar muitos beijos de aniversário e.

como fugir disso?

como explicar à avó
que seu corpo não é *confiável*
que não devia ser celebrado, pois
é capaz de tornar Camilo outra pessoa, ele, que sempre esteve ali, integrado à casa feito mobília, em quem Laura nunca demorou os olhos, mas em quem de uma hora para outra começou a pensar obsessivamente. Laura repassa o rosto dele, seus gestos, seu cheiro, e quando termina começa tudo outra vez,

rosto

gesto

cheiro

já não consegue seguir em outra direção.

nunca mais será despreocupada. nunca mais esquecerá de si mesma ao fazer um desenho.

imortalizado. enquanto Laura viver, Camilo não morre. ela se lembrará, sobretudo, de quando ele saiu da Kombi com uma garrafa d'água, que usou para lavar as mãos. esfregou bem uma palma na outra, depois secou na flanela, e Laura gostaria de ter feito o mesmo, gostaria de ter se levantado e dito eu também quero me lavar.

nunca mais ficará longe daquele segredo. de agora em diante, nada existiria sem se misturar com o que lhe aconteceu. eles eram *cúmplices*, como se aquela manhã na Kombi tivesse sido uma coisa que os dois fizeram juntos, e não uma coisa que Camilo fez com ela e que se encaixa, pouco a pouco, em quem Laura se tornará, *especial demais, demais, você me deixa louco. olha, você não pode contar isso que a gente fez para ninguém. nem para sua avó, ela não entenderia. você sabe que ela morre de ciúme de você.*

e o que é morrer, o que é contar, o que é fazer isso que *a gente* fez?

Camilo foi muito silencioso. baixou o shorts do uniforme dela, a calcinha e colocou os dedos dentro de Laura, dizendo é assim que começa. aproximou a boca, respirou no grelinho. devagar, colocou a língua e segurou Laura pela bunda quando a menina começou a se abrir

,

Margarida se levanta do sofá com a boca seca. dá um gole no copo que deixou no banquinho durante a noite e fica com a impressão de ter bebido outra coisa além de água, talvez os *dentes* da mãe.

    entra no banheiro, fecha a porta. um vestido de flores a espera no cabide e desce pelos azulejos azuis.

    tira a camisola, pega o sutiã. terá que arranjar alguns também para Laura, já está dando para ver os peitinhos dela através da blusa. será que podia pedir na corrente de doação da igreja? tamanho p, de preferência branco. bem simples, sem aro, e o vestido de flores escorrega pela cabeça de Margarida.

    pega a escova na gaveta. penteia os fios grisalhos, ouvindo as cerdas passear pelo couro cabeludo. não sabe bem por que parou de prender o cabelo, acha que tem a ver com a companhia que ele lhe faz quando solto. é o mais perto que chegou de ter uma irmã.

    pega o batom, contorna os lábios. tampouco sabe por que ele se tornou fundamental. não é que se veja bonita, é mais um gesto para ela fazer diante do espelho e escapar do vazio:

observa sua camisola embolada no chão.

poderia fingir, não poderia? que simplesmente a esqueceu ali.

nunca conversavam sobre isto, mas era sempre Margarida com a vassoura, o balde e o cesto diante de tudo o que Filipa e Laura largavam pela casa, fios de cabelo, roupa, lençol, fluidos, rastros que Margarida recolhia em silêncio. agora ela tem a oportunidade de deixar uma coisa sua também e esperar que elas recolham, embora saiba que nenhuma das duas fará isso.

ela mesma teria que recolher, mais tarde, sua camisola do chão. intocada, sim, mas ao menos vista no cenário da casa, uma coisa sua no meio do caminho como um grito que ninguém esperasse dela.

acontece que Margarida não aguenta. recolher as sobras sempre foi seu gesto primordial. não conseguiria mais se concentrar se deixasse a camisola no chão, pronto, ela já está no cesto de roupa suja.

Margarida vai para a cozinha e coloca um ovo para ferver.

pega o cigarro, vai ao quintal envolto por uma neblina.
sente algo crescer nos olhos,
uma expectativa que lentamente se transforma no desejo de ter um cão.

parece loucura, mas.

agora que está trabalhando em casa, o que a impede? há tantos abandonados em Belva. pode pedir que Camilo encontre algum. não precisa ser filhote, pode ser um cão de meia-idade. ele comerá as sobras dos pratos, comerá comida de gente. e morará aqui, no quintal. Margarida terá que lavar a ardósia uma vez por dia, mas valerá a pena. é como ter o próprio cérebro do lado de fora, isso de ter um cão.
ao perceber a neta às suas costas, Margarida se vira e beija a menina. diz, no volume usado nos dias de festa, *feliz aniversário, meu amor, feliz aniversário!*, quando se lembra do ovo e estala os tamancos até a cozinha.

estranha o cheiro abafado, abre a janela.

ao tirar a casca, se assusta e solta correndo aquela gema verde no fundo da pia

as três estão na cozinha, à espera do bolo no forno. Margarida penteia a neta e Laura se mantém inerte, apenas com a cabeça inclinada para trás obedecendo o movimento das escovadas. Filipa a observa com olhos que pesam cada vez que piscam, e ao perceber todo aquele desânimo em pleno aniversário ela não se aguenta e diz que ter uma vida pela frente é um passarinho que pousa no rosto e depois voa. quando a irmã Celeste ia à casa paroquial, dizia uma frase que Filipa guardou: é preciso cuidar da alegria *também*. ela está certa. que saudade daquela freirinha! Celeste sabia de umas coisas que os jovens ainda não sabiam e que os velhos costumavam esquecer.

— (para a filha) *você achou minha agulha, não achou? pois vou voltar a fazer crochê, vou voltar para as minhas alegrias de costura.*
— (dividindo num zigue-zague) *olha que cabelo lindo, mãe!*

o rosto da menina em suspenso tem a beleza de Glória, mas não só. há traços de Margarida também, um certo blues, e até de Filipa naquela idade, talvez o tom da pele. tem um *quê* muito particular, é claro que sim, mas engraçado o rosto de Laura.

não sei, ele parece ter algo até de Camilo, Filipa repara, mas se dizem que bastou conviver para ficar parecido!, que até os cães tem traços dos donos. e Camilo, bem, há quanto tempo ele frequenta a casa? desde que Glória era menina. desde que Margarida começou a trabalhar na feira. pois que tem alguma coisa dele em Laura, ah, isso tem! não apenas no formato do rosto, mas na altura e nos gestos de um

pai —

de modo que Laura segura o espelhinho que a avó lhe entrega

e Filipa vê
a fita branca
escorrer pela cabeça da menina como um sangue que empalideceu.

Margarida vai até a lavanderia.

volta com uma caixa, abre e leva o vestido para a neta.

era meu, diz, e faz a menina se levantar. abre os botões, coloca o vestido por cima do pijama enquanto Laura olha para a neblina pela janela.

— *mas que beleza! mãe, ela não parece uma noiva?*

alguém bate palmas no portão.

Margarida solta a saia, segue para o quintal.

abraça Camilo, que está de banho tomado, *vocês já deram o presente?*

— *ainda não, vem.*

quando entram na cozinha, ele diz *mas o que é isso* e dá um beijo na testa da menina. lhe deseja muitas felicidades, lhe deseja. muitos anos de vida, e a avó acende a luz do forno, diz que logo vai começar a fazer a cobertura.

— *como vai essa linda senhora?*

— (Filipa, séria) *me diga o senhor.*
— (Camilo para Laura) *não vem nenhuma amiguinha sua?*

a avó responde que uma está gripada e a outra parece que brigou.

— *então deixa, deixa que a gente também sabe fazer uma festa!*

Margarida abre a gaveta à procura do embrulho.

— (entrega) *é o nosso presente.*
— *imagina. é presente da tua vó e da tua bisa.*
— *não senhor, é nosso.*

e Laura recebe como se fosse um Engano.

— *abre!*

a menina desenrola o papel.

— (Margarida se aproxima da neta) *não se preocupe. Camilo vai te dar umas aulas.*

ele pega a gaita, entoa um blues.

— (Margarida se emociona) *que lindo!*
— (deixa na mesa) *vamos ligar o rádio!* (alcança em cima da geladeira)
— (tira o bolo do forno) *não vai agradecer, filha?*

— (Camilo se aproxima do fogão) *quero aprender tua receita de calda.*
— (Filipa para Laura, que está saindo da cozinha) *aonde você vai?*

— (encoberta pelo rádio) *lugar nenhum*

,

Laura se tranca no banheiro,
se agacha atrás da porta. quando escuta o riso de Camilo misturado ao da avó, olha para a janela:

é a única sem grade e dá para o quintal.

mas é estreita, será que ela passa?

se esforça para abrir o vidro até o fundo,
mas não consegue
e grita sem som.

    abre a porta do banheiro.

concentra todo o seu ser na sola dos pés, para não estalar o piso. pega o banquinho na sala, odiando o fato da porta ser na cozinha. está *quase* voltando para o banheiro, quando lembra do portão, merda, não sabe onde deixou a mochila. mas a bolsa da avó está na sala e a menina abre o zíper: vê os vidrinhos de cravo e eucalipto e as lágrimas atrapalham seus olhos, pesam seus gestos, mas ainda assim ela encontra

a chave, quando se volta

Filipa está no corredor.

se encaram

por um tempo que parece congelar o mundo.

mas algo nos olhos da bisa
são
os olhos de Laura
e eles dizem

Sim.

a menina se tranca no banheiro. sobe no banquinho, empurra a janela toda. tem que passar, tem que dar certo. enfia primeiro a cabeça, depois o corpo, o vestido rasga nas costas e Laura cai no quintal. se levanta depressa, sem nem notar onde se ralou. a música parece mais alta, a névoa com certeza está mais baixa e o vento balança a batina no varal.

tem a impressão de ouvir alguém chamar seu nome, se vira num susto:

mas não era nada, nada, e então se põe a correr.

Aos que existem sozinhos.

agradecimentos,

aos meus pais, Marilu e Evandro, por serem meu eterno domingo.
à minha irmã, Vivian, por ser meu par.
ao meu companheiro, Tiago, por ser a chave da porta.

ao meu cachorrinho, Kaká, em memória, por ter descansado aos pés do que escrevo, desde a primeira linha.

às minhas professoras, Raissa, Adriana e Lia, e aos colegas da pós em Escritas Performáticas — Camila, Ronie, Murillo, Roberta, Pedro, Ara, Gabriel, Raissa, Katrin, Lorena, Júlia, Keila, Lara —, pela finíssima Escuta deste livro, ainda em estado de desejo.
às minhas editoras geniais, Camila e Stéphanie, por serem minha doce Nostalgia.
à minha preparadora, Ciça, pela Lanterna.
à Companhia das Letras, pelo Voo.

aos meus Leitores, pelo Sonho.

com amor,
Aline.

1ª EDIÇÃO [2025] 2 reimpressões

ESTA OBRA FOI COMPOSTA PELO ACQUA ESTÚDIO EM MERIDIEN
E IMPRESSA EM OFSETE PELA GEOGRÁFICA SOBRE PAPEL PÓLEN DA
SUZANO S.A. PARA A EDITORA SCHWARCZ EM OUTUBRO DE 2025

A marca FSC® é a garantia de que a madeira utilizada na fabricação do papel deste livro provém de florestas que foram gerenciadas de maneira ambientalmente correta, socialmente justa e economicamente viável, além de outras fontes de origem controlada.